Kopenhagen 1925: Ein Mann taucht im Lichtkegel einer Laterne auf, verschwindet wieder im Dunkel und erscheint erneut im Licht der nächsten Laterne. Wo ist er in der Zwischenzeit gewesen? Den Beobachter dieser Szene, Werner Heisenberg, führt sie zur Entwicklung einer Theorie, die im weiteren Verlauf ein völlig neues Weltbild schaffen wird: die Quantenmechanik. Der Mann im Dunkel selbst hingegen weiß nichts von der Rolle, die er bei der Entdeckung neuer physikalischer Gesetze gespielt hat – er versucht, den Verlust seiner Frau zu verarbeiten und seinem Leben eine neue Ausrichtung zu geben. Christian Haller, der diese beiden durch den Zufall verknüpften Lebenslinien weiter erzählt, macht daraus ein hellsichtiges literarisches Vexierspiel über Trauer und Einsamkeit, die Grenzen unserer Erkenntnis und die Frage, wie das Neue in unsere Welt kommt.

CHRISTIAN HALLER wurde 1943 in Brugg, Schweiz, geboren, studierte Biologie und gehörte der Leitung des Gottlieb Duttweiler-Instituts bei Zürich an. Er wurde u. a. mit dem Aargauer Literaturpreis (2006), dem Schillerpreis (2007) und dem Kunstpreis des Kantons Aargau (2015) ausgezeichnet. Für die Novelle »Sich lichtende Nebel« erhielt er den Schweizer Buchpreis 2023. Zuletzt erschien sein Roman »Das Institut«. Christian Haller lebt als Schriftsteller in Laufenburg.

Christian Haller

Sich lichtende Nebel

Novelle

btb

Penguin Random House Verlagsgruppe FSC® N001967

1. Auflage
Genehmigte Taschenbuchausgabe Dezember 2024
btb Verlag in der Penguin Random House Verlagsgruppe GmbH,
Neumarkter Straße 28, 81673 München
Copyright © 2022 Luchterhand Literaturverlag
in der Penguin Random House Verlagsgruppe GmbH
Covergestaltung: buxdesign | München unter Verwendung
eines Motivs von © Ruth Botzenhardt
Druck und Einband: GGP Media GmbH, Pößneck
cb · Herstellung: han
Printed in Germany
ISBN 978-3-442-77478-4

www.btb-verlag.de
www.facebook.com/penguinbuecher

Beim Aufstieg hatte sich der Nebel
immer dichter um unseren
enger werdenden Pfad geschlossen …

Werner Heisenberg,
Der Teil und das Ganze

1

Im Frühjahr 1925 beeilte sich Helstedt von einem
Besuch bei seinem Freund Sörensen nach Hause
zu kommen. Es war spät und kühl geworden. Der
Nebel trieb vom Meer herein, die Straßenlaternen
warfen trübe Lichtkreise auf den Weg, und der be-
jahrte Herr mit Hut und in Mantel ahnte nicht, dass
er eingangs des Faelledparken von einem jungen
Deutschen beobachtet wurde. Dieser war Privat-
dozent und Gast am Kopenhagener Physik-Institut
und hatte sich nach Stunden anstrengender Diskussionen um das Atommodell seines Mentors auf eine
Bank hinter das Institut gesetzt. Noch immer kreisten Fetzen der Gespräche in seinem Gehirn, als der
ihm unbekannte Helstedt im Lichtkreis der Straßenlaterne auftauchte. Die besprochenen physikalischen
Fragen bewirkten, dass der junge Wissenschaftler
das kurze Wegstück, das Helstedt von der Straße
zum Faelledparken ging, nicht als ein alltägliches
Geschehen sah. Vielmehr verfolgte er fasziniert,
wie die undeutliche, etwas schattenhafte Gestalt den
Lichtkreis betrat, nach wenigen Schritten im Dunkel verschwand, um im nächsten Lichtkreis erneut

aufzutauchen. Während Helstedt einzig bestrebt war, möglichst rasch nach Hause zu gehen, dachte der junge Wissenschaftler an die Wahrscheinlichkeit, mit der Mantel und Hut im folgenden Lichtkreis wieder sichtbar würden. Einen Moment lang war es ungewiss, ob der Unbekannte tatsächlich wieder erschiene, da er eingetaucht in die Dunkelheit nicht zu sehen war, vielleicht den Weg verließ oder umkehrte, weil er etwas vergessen hatte. Würde andererseits er als Beobachter nur dann hingeblickt haben, wenn der Unbekannte sich im Dunkel befunden hätte, wäre dieser für ihn inexistent gewesen, denn ohne sein Beobachten gab es den Unbekannten nicht.

Der junge Wissenschaftler spürte, dass diese konkrete und anschauliche Beobachtung in einer Verbindung zu den besprochenen theoretischen Problemen stand. Von welcher Art diese war, blieb ihm unklar, und er war auch zu müde, um weiter darüber nachzudenken. Er brauchte Ruhe und dringend etwas Erholung, atmete tief die frische Luft ein, und was er eben noch beobachtet hatte, sank aus dem Bewusstsein, verlor sich in der dichter werdenden Trübung seines Denkens. Dennoch merkte der junge Wissenschaftler und Beobachter, dass etwas Unbestimmtes, Unscharfes sein Denken berührt hatte, das irritierte. Es fühlte sich wie ein plötzlich angeworfenes Fieber

an, das ihn leicht schwindlig machte, und das er später für ein erstes Anzeichen eines heftig ausbrechen-
den Heuschnupfens hielt.

2

Helstedt, der nicht ahnte, was er bei dem von ihm unbemerkten Beobachter ausgelöst hatte, ging seinen Weg weiter, kam ins offene, weite Gelände des Faelledparken. Seine große Zehe schmerzte, nicht nur beim Auftreten. Sie tat dies seit zwei Tagen. Er hatte gehofft, irgendwann würde dieser gleichbleibende, stechende Schmerz wieder verschwinden, wie er gekommen war, das tat er aber nicht. Selbst der reichlich genossene Wein vermochte ihn nicht zu betäuben. Er müsste wohl doch zum Arzt gehen, wie sein Freund Sörensen empfohlen hatte. Warum er nur jedes Mal mit ihm in Streit geriet? Auch an diesem Abend. Am Wein lag es nicht, wenigstens nicht hauptsächlich. Für Helstedt stand vielmehr fest: Sörensen war altersstarrsinnig geworden, sein Horizont hatte sich verengt. Dabei war er doch stets der Generalist gewesen, der gerne in großen Zusammenhängen gedacht hatte, sich bei den Details nicht aufhielt und im Aufzeigen epochaler Entwicklungslinien sein Vergnügen fand. Doch in den letzten Jahren hatte sich seine Auffassung verstärkt, einzig und allein das, was in Wörtern gefasst werden könne, sei wirklich: »Nur was formuliert ist, kann erkannt werden«, war nur eine der Maximen, die er immer wieder anführte und damit Helstedt zum Widerspruch reizte. Das sei dieser »Wortaberglaube«, der seit Augustinus und seiner Bibelauslegung als eines Tatsachenberichts das europäische Denken vergiftet habe – wobei Helstedt wusste, dass diese rotweingeschwängerte, nicht wirklich stichhaltige Behauptung Sörensen maßlos ärgerte. Mit jedem weiteren Glas wurde die Auseinandersetzung hitziger, und auf seinem Weg nach Hause nahm sich Helstedt vor, den Kontakt zu Sörensen abzubrechen. Es lohne die Abende nicht, die Diskussionen seien fruchtlos. Sie drehten sich stets um dieselben Fragen nach Wahrheit und Wirklichkeit, er sei nach jedem Treffen verärgert und habe am nächsten Tag Kopfschmerzen. Und doch würde er wieder hingehen. Er mochte Sörensen, er war sein einziger und ältester Freund. Sie kannten sich seit der Schulzeit, und Sörensen war der Klügere, Originellere gewesen. Während Helstedt Geschichte studierte und später eine Professur erhielt, arbeitete Sörensen mal hier, mal dort, meistens in untergeordneten Stellungen, die er nach kurzer Zeit wieder verließ. Er war auf die Einkommen nicht angewiesen. Seine Frau Helga stammte aus einer reichen Industriellenfamilie, und obwohl er beständig über Geldmangel klagte, verfügte er über genügend

Mittel, um als »Privatgelehrter«, wie er sich gerne bezeichnete, seine Studien zu betreiben. Die Betrachtungen, die er gelegentlich schrieb, erschienen in Zeitungen oder Zeitschriften. Er sammelte diese feuilletonistischen Essays unter dem Titel »Begegnungen mit einem Zufallsbekannten«. Sie hatten zur Hauptfigur einen Herrn »alter Schule«, der einen Durchreisenden mit seinen unkonventionellen Ideen unterhielt und immer mal wieder behauptete: Wofür es keine Wörter gebe, das könne nicht existieren.

Der ewige Anlass ihres Streites.

3

Das Physik-Institut war ein längliches Gebäude mit anschließendem Wohnhaus, und der Beobachter hatte sich zur Rückseite begeben, um sich auf der Bank zu erholen. Es war angenehm gewesen, in das neblige Dunkel hinauszutreten, durchzuatmen, die Lungen mit frischer Nachtluft zu füllen und zu spüren, wie beruhigend die Kühle wirkte. Die wirbeligen Gedanken seines überhitzten Denkapparates verlangsamten sich, gingen allmählich in einen zähflüssigen Zustand über. Sie wurden zwar durch die Beobachtung jenes Unbekannten, der im Lichtkreis der Straßenlaterne erschien, im Dunkel verschwand und im nächsten Lichtkreis erneut sichtbar wurde, nochmals kurz angeregt. Doch der Beobachter war zu erschöpft, um sich zu fragen, was genau ihn durch das Erscheinen und Verschwinden des Fremden berührt hatte, und sowohl die Beobachtung wie seine Gedanken verloren ihre Aufmerksamkeit an ein Kribbeln, das einen heftigen Niesanfall auslöste. Die Nasenschleimhäute schwollen an, das eben noch genossene freie Atmen in der Nachtluft wurde mühsam, und etwas beunruhigt betastete er sein Gesicht. Augenlider und Wangen fühlten sich leicht geschwollen an, und er fragte sich, wie es möglich sei, sich in dieser kurzen Zeit zu erkälten? Vielleicht war es unklug gewesen, hinaus in Wind und Nebel zu treten. Im Auditorium des Instituts war es stickig gewesen, die Auseinandersetzungen hitzig. Er hätte wenigstens seine Jacke anziehen müssen. Auch hatte er kaum etwas gegessen und zu wenig getrunken, lediglich ein paar Kekse zum Tee um vier Uhr. Während der kurzen Unterbrechung oben in der Wohnung des Professors war das Gespräch fortgesetzt worden. Das Atommodell, das sein Mentor entworfen hatte, erklärte einige Eigenschaften im Verhalten von Atomen, die mit den empirischen Daten übereinstimmten. Andere Eigenschaften konnte es nicht erklären, und die Berechnungen verletzten die physikalischen Gesetze. Änderten sie geringfügig die Bezugsgrößen, gelang es mathematisch, die physikalischen Gesetze einzuhalten, doch die Ergebnisse deckten sich nicht mit den experimentellen Befunden. Wo lag der Fehler, was mussten sie ändern, damit die Annahmen des Atommodells den physikalischen Gesetzen entsprachen? Es war kaum denkbar, dass im atomaren Bereich andere Gesetze gelten sollten als in der herkömmlichen Physik.

Der Beobachter, zurückgelehnt auf der Bank hinter dem Institut, fühlte sich inzwischen nicht mehr nur müde, sondern krank. Er entschloss sich, seine

Jacke und die Tasche im Auditorium zu holen und seine Pension aufzusuchen. Er würde nicht mehr zurückerwartet und wahrscheinlich war der Professor bereits wieder hoch in seine Wohnung gegangen. Der Beobachter rappelte sich auf, trat hinaus auf den Weg, um zurück zum Eingang des Instituts zu gehen. Während er durch die Lichtkegel der Straßenlaternen lief, dachte er keinen Augenblick an den Unbekannten, den er kurz zuvor noch beobachtet hatte und der in umgekehrter Richtung einmal im Licht aufgetaucht und dann im Dunkel wieder verschwunden war.

4

Helstedt schlief schlecht. Er erwachte öfter, hatte einen filzigen Geschmack im Mund, und nachdem er kurz zur Toilette gegangen war, konnte er nicht wieder einschlafen. Die Zehe schmerzte noch immer, doch sie war nicht der Grund seines Wachliegens. Jedes Mal schlief er nach einem Abend bei Sörensen schlecht. Vielleicht lag es am Wein, von dem er zu viel trank, vielleicht auch an den Streitgesprächen. Gestern Abend hatte ihm Sörensen eine seiner Kolumnen »Gespräche mit einem Zufallsbekannten« vorgelesen. Darin behauptete er, der Alltag sei die wahre Utopie, der Ort, den wir nie wirklich erreichten. Das Gewohnte entziehe sich der Beachtung und werde deshalb nicht mehr wahrgenommen. Über die Begründung waren sie in eine Auseinandersetzung geraten, die zu ihrem alten Streit führte. Doch daran wollte er jetzt nicht denken. Wie sollte er in den Schlaf zurückfinden, wenn er an das dachte, was ihn am Schlafen hinderte? Er versuchte sich zu entspannen, ruhig zu atmen und an Linn zu denken, eine alleinstehende Frau, die zwei Straßenzüge weiter wohnte. Hie und da traf er sie im kleinen Lebensmittelgeschäft vorne an der Hauptstraße. Nein, nicht ganz zufällig. Er hatte ziemlich viel Zeit aufgewendet, herauszufinden, ob sie regelmäßig und zu welcher Zeit sie zum Einkaufen ging oder zur Stadt fuhr. Es beunruhigte ihn etwas, dass er dabei vielleicht nicht diskret genug vorgegangen war, und die Befürchtung ließ ihn sich im Bett zur anderen Seite drehen, was dem Magen nicht gut bekam. Ja, er war ein wenig zu oft ihre Straße auf und ab gegangen, hatte versucht herauszufinden, welche Fenster zu ihrer Wohnung gehörten. Aus zwei Topfpflanzen und einem halben Lampenschirm, die in einem der Fenster zu sehen waren, hatte er sich ausgedacht, wie sie wohnte. Vielleicht nicht wirklich ausgedacht. Eine gewisse Ähnlichkeit zur Ausstattung seiner alten Wohnung im Universitätsviertel war nicht zu leugnen, doch vielleicht gehörte das Fenster ja auch gar nicht zu Linns Wohnung .... Leer werden, dachte er, an nichts denken, ruhig atmen und an nichts denken, die Lunge von unten her auffüllen und danach die Luft langsam ausströmen lassen, dem Atemgeräusch lauschen, das wie das Zurückziehen und Überschlagen einer Welle klingt: Meer – unendliche Weite! Mein Gott! Irgendeinen Nachweis für das Finanzamt hatte er vergessen, wann war dieser »letzte Abgabetermin« gewesen? Als emeritierter Professor war der Nachweis seines Einkommens keine große

Sache mehr, aber er brachte einfach keine Geduld für das Zusammentragen von Belegen ... jetzt wusste er es wieder: Die Bestätigung der Zusatzrente hätte er noch beschaffen müssen, und während Helstedt sich zur anderen Seite wälzte, entschied er, doch lieber an Linn zu denken. Nie beachtete sie ihn, und vielleicht war das die Faszination. Den Korb am Arm stand sie im Ladengeschäft, leicht vorgeneigt, um nach den Waren hinterm Verkaufstresen zu spähen. Ihr Körper war gespannt, aufmerksam prüfte sie mit ihrem Blick die Packen, Gläser, Büchsen im Wandregal, und diese Konzentration auf das, was sie suchte und kaufen wollte, hatte eine Intimität, die seine Fantasie anregte: Er stellte sich vor, wie sie allein durch die Zimmer ihrer Wohnung ging, in der Küche am Herd stand, ungestört von der Anwesenheit eines anderen Menschen ... ja, sie war ein wenig jünger als er, nicht viel, zwei, drei Jahre, gut, vielleicht zehn. Doch das spielte keine Rolle, er würde sie doch nie ansprechen. Diese Intimität beim Einkaufen würde sofort zerbrechen und für immer ausgelöscht sein. Warum das so sein würde, konnte Sörensen nicht verstehen, aber dem war die Frau auch nicht gestorben ... und Helstedt nickte ein. Er träumte von einer Stadt, die nicht Kopenhagen, doch ihm vertraut war, obwohl er sie nicht kannte: eine südliche Stadt, aus wuchtigen Steinquadern gebaut, von altem Festungswerk umschlossen, und er ging durch Straßen zwischen zerfallenden Palästen und Türmen hindurch, kam zu einer Gartenanlage, tauchte in schattige Alleen ein und schlenderte entlang blühender Beete. Nein, er wusste nicht, wo er war und hatte auch kein Ziel. Außer vielleicht zu schauen. Was immer er ansah, bekam einen kristallenen Glanz und war von einer leuchtenden Schönheit.

5

Das Atmen fiel dem jungen Wissenschaftler schwer, und das Gefühl, nicht genügend Luft zu bekommen, hinderte ihn trotz seiner Erschöpfung am Einschlafen. Er fragte sich, was es gewesen sein mochte, das die Beschwerden hervorgerufen hatte? Er war nicht lange draußen in der Nachtluft gewesen, hatte nur kurz auf der Bank hinter dem Institut gesessen, und es kam ihm unwahrscheinlich vor, dass diese halbe Stunde ausgereicht haben sollte, eine Erkältung mit so heftiger Reaktion auszulösen. Es musste ein Heufieber sein. Ob auf dem Platz vor dem Eingang des Parks vielleicht Lindenbäume blühten? Doch was immer die Ursache seiner Atembeschwerden war, sie sollte abgeklärt werden. Obwohl es bereits gegen zwei Uhr früh ging, würde er einen Notfallarzt rufen lassen. Er zog die Hose über seinen Pyjama, stieg die Treppe hinunter zur Rezeption.

Es könne eine Weile dauern, bis er einen Arzt finde, der heute Notfalldienst habe, sagte der Nachtportier, der auf einem Feldbett in einem engen Büroraum geschlafen hatte. Er werde den Arzt hochschicken, sobald er eingetroffen sei.

Nach einer Dreiviertelstunde klopfte es an der Zimmertür, ein Mann Anfang vierzig trat ein, rundlich und untersetzt, mit glattem Gesicht. Man sah dem Doktor an, dass er tief geschlafen und sich nur flüchtig gekleidet hatte. Mit verschlossener und noch dem Schlaf zugewandter Miene hörte er sich an, weshalb man ihn hatte rufen lassen, bat dann den Beobachter, sich »oben freizumachen«. Seit wann er denn die Beschwerden habe, fragte der Arzt, während er die Hand auflegte, auf die Fingerknöchel klopfte und ihn danach mit dem Stethoskop abhorchte. Nun, eine Lungenentzündung könne er ausschließen. Es handle sich, wie er selber vermute, um eine heftige Attacke von Heufieber, eine allergische Reaktion, die auch die Gesichtsschwellungen verursache. Ob er Asthmatiker sei, und als der Beobachter dies verneinte, schien der Arzt beruhigt. In seinem Urteil gefestigt, zog er den Rezeptblock hervor und suchte in der Westentasche nach einem Stift. Er verschreibe ihm ein Medikament, das ihm das Atmen erleichtere. Doch er empfehle ihm, falls seine Tätigkeit dies erlaube, einen Ort aufzusuchen, an dem die Vegetation noch nicht so weit fortgeschritten sei und bereits vieles blühe, wie hier in Kopenhagen. Er schlage vor, da der Patient ja Deutscher sei, einen Ort in den Bergen aufzusuchen. Er verlangte das Honorar in bar, eine Pauschale, wie er betonte, dann schloss sich die

Tür hinter der fülligen Gestalt und seiner schwarzen Ledertasche, und wieder streifte den Beobachter der Gedanke, der Doktor verschwinde ebenso in eine Nichtexistenz, wie es der Unbekannte nach dem Durchschreiten des Lichtkreises getan hatte. Doch es war dringender, einen Ort ausfindig zu machen, an den er reisen konnte, als darüber nachzudenken, ob der Doktor noch existiere, nachdem er die Tür hinter sich zugeschlossen hatte. Sein Besuch war zumindest durch den kleinen Zettel auf dem Nachttisch unzweifelhaft bezeugt.

Das Rezept für ein Asthmamittel.

6

Auf den Morgenkaffee freute sich Helstedt jeden Tag, ganz besonders aber, wenn er wie heute schlecht geschlafen hatte. Obwohl es bereits wieder dämmerte, ein schmaler Streifen Helle im Spalt des Vorhangs stand, trieb ihn die Lust auf eine Tasse heißen Kaffees aus dem Bett. Er zog den Morgenmantel an, löffelte in der Küche das gemahlene Pulver in die Brühkanne und wartete, dass das Wasser auf der Gasflamme aufkochte. Er atmete den Geruch des Kaffees ein, vermischt mit dem Wasserdampf und der Wärme der Herdflamme, ein Geruch, der mit dem anbrechenden Tag verbunden war, Zuversicht wachrief und eine leise Trauer.

Nach der Emeritierung und dem Tod seiner Frau war Helstedt vom Universitätsviertel hierher an den Rand des Faelledparken umgezogen. Das Reihenhaus war neu gebaut, lag in einer ruhigen Straße gegenüber einer Schule, und hatte einen Innenhof, auf den der Balkon ging. Durch den Umzug hierher wollte er ein Stück Vergangenheit hinter sich lassen. Die Universität mit ihrem Vorlesungsbetrieb war vorbei, worüber er nicht unglücklich war. Doch mehr als zu seiner früheren Tätigkeit brauchte er Distanz zu den Erinnerungen an Ellie. Er hatte sie geliebt. Dreißig Jahre hatten sie in der ehemaligen Wohnung gelebt. Der Morgenkaffee war in ihren gemeinsamen Jahren die Stunde gewesen, in der sie sich gegenüber gesessen und sich erzählt hatten, was der Tag brächte und was sie beschäftigte. Jetzt war es die Zeit, in der er sich einsam fühlte.

Mit dem ersten Schluck, heiß und brennend, dem geräuschvollen Ausatmen, mit dem er den Mund kühlte, zwang er sich in die Gegenwart zurück. Nein, er kam nicht schlecht zurecht, auch wenn Ellie ihm fehlte.

Helstedt schaute durch die Tür ins angrenzende Zimmer, nahm zwei, drei weitere Schlucke und genoss das wärmende Gefühl, das ihn durchströmte. Er schaute ins Wohnzimmer und zur Balkontür, doch was er sah, ähnelte nur entfernt dem, was eben noch seine vertraute Umgebung gewesen war. Der Tisch, die Bodenfliesen und Mauern, die Lindenäste in der Balkontür bestanden aus seltsam leuchtenden, bewegten Funken, stärker bei dem einen Material, schwächer bei dem anderen. Die Umrisse der Wände, Möbel, herumstehenden und -liegenden Dinge blieben erkennbar, doch waren sie nicht wie gewohnt fest.

Einen Augenblick lang glaubte er, der Traum, den

er im leichten Morgenschlaf geträumt hatte, wirke nach. Er sähe seine Wohnung, wie er die prunkvollen, alten Bauten entlang der großzügigen Boulevards gesehen habe: von so unglaublicher Schönheit. Doch die Gegenstände und Einrichtungen, die Zweige und Blätter im Fenster, eben alles, was sein Blick umfasste, war nicht nur Glanz und kristallene Klarheit wie im Traum. Sie schienen aus nichts als Energien zu bestehen, und er konnte in all die verschiedenen Materialien sowohl hinein-, wie hindurchsehen. Denn sie waren seltsam leer.

7

Der junge Wissenschaftler lag wach und überlegte, wo er seinen Heuschnupfen auskurieren könnte. Der Arzt hatte die Berge vorgeschlagen, doch es würde drei, vier Tage dauern, bis er in Deutschland endlich Erleichterung in einem Bergdorf fände. Auch käme er nicht darum herum, zu Hause vorbeizusehen, wo bestimmt ein Haufen »dringender Angelegenheiten« zu erledigen wäre, zumal nach seinem Aufenthalt in Kopenhagen. Die Unterbrechung der Gespräche mit seinem Mentor, erzwungen und gerechtfertigt durch das Heufieber, kam ihm nicht ungelegen. Er brauchte Ruhe, und er brauchte Distanz. Die oft monologischen Ausführungen des Professors zum Atommodell waren überaus anstrengend. Das bohrende Fragen zu den Abweichungen und Unstimmigkeiten, über Stunden bis in die Nacht, war quälend gewesen. Zur Erschöpfung kam an manchen Abenden die Verzweiflung hinzu, keine Antworten zu finden. In seinem Kopf dröhnten die Worte, hallend und verschwommen, das Gehirn schloss kurz, er verspürte eine aufsteigende Übelkeit, und Tränen liefen ihm über die Wangen. So war er um eine Unterbrechung froh. Er entschloss sich, ohne sich zu verabschieden, am Morgen die Pension zu verlassen.

Der junge Wissenschaftler überlegte, wohin er reisen müsste, um Blühen und Pollenflug zu entkommen. Wo anders als im Gebirge gäbe es eine Gegend, in der nicht während seines Aufenthalts die eine oder andere Pflanzenart, je nach Witterung, zu blühen begänne? Die Lösung läge im Finden eines Ortes, an dem nichts blühte, weder jetzt noch später. Wo aber gab es einen solchen Ort? Ihm fiel Helgoland ein, eine Felsinsel in der Nordsee, kahl, dem Meerwind ausgesetzt und leicht zu erreichen. Mit dem Zug führe er über Hamburg nach Cuxhaven und von dort mit der Fähre in einer zweistündigen Fahrt zur Insel. Schon in einem Tag käme er in eine Umgebung, die ihm Erleichterung brächte.

Kurz nach dem Frühstück verließ er die Pension.

8

Er habe stets das Gefühl gehabt, sagte Helstedt während eines nächsten Besuchs bei Sörensen, dass Träume in einer seltsamen Asymmetrie zum Alltagsleben stünden. Beide Erlebniswelten seien nicht aufeinander reduzierbar, seien widersprüchlich, schlössen sich gegenseitig aus und stünden doch in einer Wechselwirkung. Sie seien oft notwendig zum Verständnis eines Erlebnisses.

Sörensen sah seinen Freund versonnen an, griff dann zum Weinglas, nahm einen Schluck, ohne den Blick von Helstedt zu wenden, um ihn erst zu senken, als er das Glas auf den Tisch zurückstellte. In seiner bedächtigen Art ließ er ein »Hm-hm« hören, das in der Regel einen Widerspruch einleitete. Doch etwas überraschend fragte Sörensen, wie es denn seiner Zehe gehe, ob sie noch immer schmerze.

Sie saßen am offenen Fenster, und Helstedt liebte den Ausblick auf den Sortedams Sø und die kleine Insel mit den Kormoranen im dürren Geäst. Er hatte seinen Freund um die Wohnung beneidet, die an einer Uferpromenade lag, die sehr ruhig, aber auch sehr teuer war.

Er sei beim Arzt gewesen, wie er ihm empfohlen habe. Doch die Diagnose sei nicht eben beruhigend. Es handle sich um einen ersten Gichtschub. Der Arzt habe ihm eine Liste mit Speisen und Getränken mitgegeben, die er meiden sollte, und damit ein Problem vergrößert, das er ohnehin habe.

– Seit Ellies Krankheit – und nach ihrem Tod erst recht – esse ich nicht sehr gesund, zudem zu unregelmäßig. Ich habe keinen Appetit und Kochen habe ich nie gelernt.

Wieder ließ Sörensen sein nachdenkliches »Hmhm« hören, das Helstedt etwas ärgerte. Sörensen hatte gut »Hm-hm« machen, seine Frau Helga war eine wunderbare Köchin, kümmerte sich um den Speiseplan und Einkauf. Er brauchte sich bloß hinzusetzen und zu essen, ohne sich um das Was und Wie des Zubereitens kümmern zu müssen.

– Was Traum und Alltag betrifft, die deiner Meinung nach nicht aufeinander reduzierbar sind und sich gegenseitig ausschließen, muss ich dir widersprechen. Es gibt sehr wohl eine ursächliche, ja auch logische Verbindung.

Sörensen verwies auf Freud, redete davon, dass verdrängte oder belastende Erlebnisse in eine symbolische Sprache übersetzt würden, die vielleicht widersprüchlich erschienen, es aber nicht seien.

– Wie immer es sein mag, sagte Helstedt, um eine

Diskussion zu vermeiden, meine Bemerkung zur Asymmetrie von Traum und Wachleben war nur ein Gedanke, um von einem Erlebnis zu berichten, das mir anfänglich wie die Fortsetzung eines morgendlichen Traums erschienen ist.

In ihm habe er eine Stadt von großer Schönheit gesehen, deren Straßen und Bauten von klarer Transparenz und Leuchtkraft gewesen waren, als seien sie aus kristallener Durchsichtigkeit erbaut.

– Doch dann ist mir bewusst geworden, während ich meinen Morgenkaffee trank, dass das, was ich nun zu sehen bekam, kein Traum war, auch wenn meine gewohnte Umgebung sich ähnlich leuchtend und transparent zeigte wie die Stadt in meinem Traum.

Wie er sich die veränderte Umgebung vorstellen müsse, fragte Sörensen.

– Ich saß wie jeden Morgen in der Küche. Die Sonne kam bereits wieder über den Horizont, und während ich meinen Kaffee trank, blickte ich ins benachbarte Zimmer mit der Balkontür. Doch was immer ich ansah, ob Tisch, Boden, Wände, aber auch die Äste und Blätter in den Scheiben der Balkontür: alles war vollständig durchsichtig oder auch leer. Ein lichtes, helles Blau strahlte von einer Art Glutfunken, aus denen die Gegenstände bestanden, in verschiedener Dichte und Schnelligkeit ihrer Bewegungen. Doch diese Glutfunken waren keine festen Körper oder Kügelchen, sie waren – vielleicht trifft es die Bezeichnung am besten – bewegte Zustände von Energie, von unglaublicher, leuchtender Schönheit.

Sörensen schwieg eine Weile, und machte diesmal auch nicht »hm-hm«, sondern sah Helstedt prüfend an. Zu solch einer Halluzination könne er nichts sagen, außer, er mache sich Sorgen, dass er zu viel allein sei.

– Ich will nicht hoffen, dass du sie neuerdings öfter haben wirst.

Ein Widerspruch hätte Helstedt weniger gekränkt als diese, wie er empfand, abwertende Bemerkung. Er war viel allein, ja, aber als Halluzination abzustempeln, was ihm am Morgen nach seinem letzten Besuch geschehen war, empörte ihn. Er hatte sich erhofft, mit seinem Freund über das Erlebnis sprechen und sich austauschen zu können. Doch Sörensen nahm nicht ernst, was ihm widerfahren und genauso gewesen war, wie er es erzählt hatte. Die blaue Durchsichtigkeit, wie Helstedt sie nannte, war gegenwärtig und wirklich gewesen, von staunenswerter Schönheit, auch wenn er kurz danach den Kaffee wieder aus einer ganz normalen Tasse getrunken hatte.

9

Müde und dämmrig saß der Beobachter im Zug nach Cuxhaven. Die Räder schlugen auf den Schienen, und ihr rhythmischer Klang ließ ihn an die Bahnen der Elektronen im Atommodell denken, an die Überlegungen, die sein Mentor und er am Institut wieder und wieder angestellt hatten. In der Grundannahme bestand das Modell aus einem positiven Kern im Innern des Atoms, um den die negativen Elektronen wie Planeten um die Sonne kreisten. Es erklärte, weshalb die Materie fest war und die Atome, wenn sie aus Molekülen herausgelöst wurden, unverändert blieben. Doch wie die Verbindungen zwischen Atomen zustande kamen, konnte es nicht beantworten. Berechneten sie die festen Bahnen der Elektronen, erhielten sie Resultate, die mit den experimentellen Befunden nicht übereinstimmten.

Der junge Wissenschaftler war froh, als der Zug in Cuxhaven ankam, das rhythmische Schlagen ein Ende fand und er einen kurzen Spaziergang zur Fähre machen konnte. Der Meerwind strich lindernd über sein verschwollenes Gesicht, und er bildete sich ein, bereits leichter atmen zu können. Auch wenn es kühl und windig war, entschloss er sich, nicht ins Innere des Schiffes zu gehen, wo es sich die Fahrgäste auf Bänken bequem gemacht hatten. Er stellte sich an die Reling, vorne am Bug, sah auf das Wasser, das in Wogen auf das Schiff zulief, und auch hier gab es einen sich wiederholenden, gleichmäßigen Ton, dumpf, wenn die Woge auftraf und in Schaum und reißenden Geräuschen verebbte. Doch dieser Klang war nicht klar und hart wie das Schlagen der Räder auf den Schienen, er war weicher, dauernder, unbestimmter, und der Beobachter schaute zur Felseninsel, die über dem Horizont auftauchte und langsam näher kam. Nichts hatten er und der Professor in den langen, nächtlichen Diskussionen zur Verbesserung des Atommodells gefunden, außer die sich verstärkende Vermutung, dass es im atomaren Bereich Gesetze gab, die von den klassischen, newtonschen Gesetzen abwichen, und diese Möglichkeit war irritierend: Es durfte nicht sein und war doch wahrscheinlich. Da tat es gut, festen Boden unter den Füßen zu spüren, sich sicher bewegen und voranschreiten zu können. Als die Fähre an der Hafenmole anlegte, er über einen Steg auf die Steinbrüstung der Mauer trat und erleichtert den Häusern zustrebte, überkam ihn die Lust, zwei, drei Mal vom Unterland ins Oberland der Insel hinauf- und wieder hinunterzulaufen. Endlich wieder einmal die Mus-

keln, den Körper zu spüren. Doch seine heufieb-
rige Kurzatmigkeit verbot ihm, dem Drang nachzu-
geben.

10

Helstedt hatte neben der Ausgangstreppe zum Hinterhof einen kleinen Tisch mit Stuhl aufgestellt, an dem er gerne am Mittag in der Sonne saß und eine Tasse Kaffee trank. Auf dem Balkon war es um die Zeit bereits schattig, und er genoss an hellen Tagen gerne die Wärme, zumal es im Hinterhof stets windstill war. Er wechselte ein Wort mit einer Nachbarin, die ein paar Blumentöpfe besorgte, doch ihm genügte, dazusitzen und zu schauen. Seit jenem Erlebnis am Morgen wusste er, dass der Lindenbaum, das Beet Blumen, das Gras, aber auch die Fahrräder, der kleine Pavillon und der Geräteschuppen ganz anders wahrgenommen werden konnten, als er sie jetzt sah. Es war beunruhigend und gleichzeitig aufregend, dass all die Dinge um ihn her eine Komposition durchsichtiger Energieteile war, in der es geometrische Formen, Umrisse, auch organisch unregelmäßige Muster gab. Diese Komposition war nicht statisch, sondern in ihrem Innern vielfältig bewegt und strahlte von bläulich schimmerndem Licht.

Er würde gleich heute noch ein Heft kaufen. Auch wenn Sörensen keinen Zugang zu der Art Erlebnis hatte, es vielleicht auch weniger bedeutungsvoll war, als er glaubte, so wollte Helstedt doch festhalten und aufschreiben, was ihm widerfahren war. Er hatte Aufsätze und Abhandlungen geschrieben, selbstredend, das gehörte zum universitären Betrieb. Bei diesen Arbeiten, publiziert in Fachjournalen, handelte es sich jedoch um die Untersuchung bestimmter Themen, die zu seinem Spezialgebiet gehörten, der Übergangsepoche von der Aufklärung zur deutschen Romantik und deren Auswirkungen auf die dänische Politik. Über sich oder seine eigenen Erfahrungen zu schreiben, wäre ihm abwegig erschienen, zumal er nicht gewusst hätte, was es geben könnte, das die Mühe lohnte. Mit Ellies Tod war jedoch ein Bruch geschehen, ihr Verlust und ihre lange Leidenszeit hatten sein vorangegangenes Leben vom jetzigen abgetrennt. Es war zu einer Vergangenheit geworden, die sich erforschen ließe, falls er dies wünschte. Doch dazu hatte er keine Lust. Er wollte über sein morgendliches Erlebnis schreiben, das nicht den entferntesten Bezug zu seiner Biografie besaß.

Während er darüber nachdachte, wie er das Notieren angehen sollte, streifte ihn der Gedanke, er habe in seinen Artikeln und Beiträgen die eigenen biografischen Probleme stets als historische abgehandelt. Seine Schriften seien von einer Distanz zur Innerlichkeit der Romantik gekennzeichnet gewesen und einer Nähe zur Aufklärung, jenem rationalen Versuch, Licht in das Obskure vergangener Epochen zu bringen. Nun fragte er sich, wieso er nicht auch seine eigene Geschichte erhellt hatte. War ihm die gefühlige Romantik zu nah an die verletzenden Erfahrungen seiner Kindheit gekommen? Hatte ihm genügt, es beim Aufklären einer historischen Epoche zu belassen? Helstedt war nach einem Heimaufenthalt bei Adoptiveltern aufgewachsen und hatte nie erfahren, wer seine Eltern waren. Er wollte es auch nicht wissen, hatte jeden Versuch seiner Adoptiveltern, ihn aufzuklären, abgewehrt. Und nun sollte er als alter, emeritierter Professor den Schutz des Allgemeinen durchbrechen und eine eigene, ungewöhnliche und ihm letztlich auch unverständliche Erfahrung zum Gegenstand der Verschriftlichung machen? Wenigstens versuchen wollte er es, auch wenn es dafür kein sprachliches Instrumentarium aus Fachbegriffen gab.

Obwohl Helstedt einen Heidenrespekt vor dem Vorhaben verspürte, es sich nicht wirklich zutraute, ging er zurück ins Haus, zog sich das Jackett an und setzte den Hut auf, um im Laden an der Kreuzung ein einfaches Schulheft zu kaufen. Als er vor dem Tresen stand, sich überlegte, ob er ein Rechen- oder Schreibheft wählen sollte, spürte er eine Nähe, die ihn sich umwenden ließ. Keine zwei Schritte hinter ihm stand Linn.

Sie lächelte.

11

Auf halbem Weg vom Hafen zum Oberland blieb der Beobachter stehen. Was war mit Nebel? Warum musste er an das Wort denken, ausgerechnet jetzt im klaren Mittagslicht? Hatte er erwartet, der Nebel triebe in langen Bänken vom Meer gegen die Insel?

Der Beobachter verspürte eine schwache Anregung in der Tiefe seines Denkens, ein leichtes Vibrieren, ausgelöst vom Wort »Nebel«, als müsste er sich an etwas in Kopenhagen erinnern. Es ließ sich jedoch nicht aus dem Vergessen herauslösen, und dieser Moment innerer Unsicherheit wurde von dem Insellicht überstrahlt, zugedeckt von einem makellosen Himmel, der das Meer überspannte. Die Sonne lag grell auf den rötlichen Felsen und den Hummerbuden, warf Rauten von Häuserschatten in die Straße, durch die er lief, die Reisetasche in der Hand. Man hatte ihm den Weg hinauf zur Oberstadt gewiesen, und er wandte sich nach einem Zögern nach links zur Südseite der Insel und klopfte bei dem gelben Haus, das laut einer Auskunft ein Zimmer zu vermieten hatte, an die Tür. Die Frau, die öffnete, mochte gegen fünfzig sein, hatte die Haare zu einem gezopften Kranz gebunden, trug über Rock und Bluse eine Schürze. Sie sah prüfend in sein verschwollenes Gesicht und sagte, ohne Lächeln, er solle hereinkommen:

– Ich werde Sie schon wieder in Ordnung bringen.

Sie nahm an, er müsse sich am Vorabend in einer Kneipe geprügelt haben, und die Vermutung seiner Hauswirtin amüsierte und beschämte ihn zugleich. Während die Möglichkeit eines Heufiebers hier auf Helgoland kaum wahrscheinlich war, musste die einer Schlägerei es offenbar sein. Und das Wort »wahrscheinlich« regte erneut das Vibrieren in der Tiefe seines Denkens an, verstärkte sich, ließ einen Begriff ins Bewusstsein dringen: die Nebelkammer. Ja, sie hatten von ihr gesprochen, in den Stunden am Kopenhagener Physik-Institut. Sie war Bestandteil eines wichtigen Experimentes. Was einstmals die Camera obscura für die Untersuchung des Lichts gewesen war, war jetzt die Nebelkammer für die Untersuchung der Elektronen. Die postulierten Bahnen, auf denen die Elektronen um den Atomkern zogen, gab es möglicherweise nicht. Wurde jedoch ein Elektron von einer Elektrode in die Nebelkammer geschossen, war seine Bahn auf der Fotoplatte deutlich zu sehen. Das bedeutete, dass existierte, was es nicht geben durfte. Man sah die Bahn, die – wurde sie berechnet – zu falschen Ergebnissen führte.

Die Zimmerwirtin begleitete ihn zwei Treppen

hoch zu einer einfach eingerichteten Kammer mit Bett, Tisch, Stuhl, einem Schrank und Stoffvorhängen vor dem Fenster und der Balkontür. Er trat hinaus, um über das Unterland aufs Meer zu sehen. Ja, hier ließe es sich wohnen.

Viel hatte er nicht auszupacken, und nachdem er Kleider und Wäsche in den Schrank geräumt und den Tisch unter das Fenster gerückt hatte, stieg er die Treppe hinab, um auch die nähere Umgebung in Augenschein zu nehmen. Er ging den Klippenweg zum Lummenfelsen, stand im Meerwind, unter den kreisenden, wirbelnden Möwen. Er würde sich schnell vom Heufieber erholen, und sein Blick streifte das harte, gelbliche Gras, von Schafen kurz gehalten: hier blühte nichts, das ihn schwerer atmen, die Nasenschleimhäute und die Nebenhöhlen anschwellen ließe.

Ein wenig quälte ihn das schlechte Gewissen. Man mochte ihm die Abreise nach Helgoland ohne Abschied und Begründung im Kopenhagener Institut nicht allzu sehr verübeln, doch dass er vor Abfahrt des Zuges eine Arbeit, die sein Mentor nochmals durchsehen wollte, ohne dessen Erlaubnis an eine Zeitschrift geschickt hatte, war eine Eigenmächtigkeit, die einem jungen Wissenschaftler gegenüber einer Kapazität vom Rang seines Mentors nicht zustand. Er müsste sich bei ihm in den nächsten Tagen brieflich entschuldigen.

Während er langsam zum Haus zurückging, wurde der Beobachter sich bewusst, dass er nun mindestens zwei Wochen für sich hatte, Zeit, die ihm gehörte. Er würde sie nutzen, um sich auszuruhen und erst einmal zu schlafen. Er war unendlich müde.

12

Helstedt fühlte sich glücklich und auch erleichtert. Nach der kurzen Begegnung mit Linn freute er sich darauf, das Schulheft aufzuschlagen und mit Schreiben zu beginnen. Er hatte mit dem Heft auch eine Adressatin gefunden, Linn, an die er sich in Gedanken wenden konnte. So unerfahren, wie er sich im Schreiben fühlte, bildete sich Helstedt ein, das Aufzeichnen eigener Erfahrungen müsste ihm leichter fallen, wenn er es an jemanden richtete, eine Hoffnung, die sich vielleicht nicht erfüllte. Das Erlebnis, das er mit Linn teilen wollte, war nicht wirklich zu beschreiben. Dennoch würde er es versuchen, und nachdem er sich eine Tasse Tee zubereitet hatte, setzte er sich hin, drehte die Kappe von seiner Füllfeder auf, dachte an Linn und begann zu schreiben:

Ich habe etwas erlebt, von dem ich nicht weiß, wodurch es ausgelöst worden ist. Doch es entsprach in nichts einer üblichen und alltäglichen Erfahrung, auch wenn eine solche am Beginn gestanden hat: Ich saß wie jeden Morgen am Küchentisch, trank meinen Kaffee, den ich immer sehr genieße, sah vor mich hin, dachte an nichts Besonderes, wie es eben ist, wenn man frisch aufgestanden ist und

noch halb bei den Träumen verweilt. Unerwartet verän-
derte sich mein Blick. Die Oberflächen der mich umgeben-
den Dinge, die Möbel, Wände, sogar die Zweige im Bal-
konfenster lösten sich auf, wurden durchsichtig. Ich sah in
sie hinein und erblickte die Teile oder Einheiten, aus denen
sie bestanden. Obwohl, wenn ich es mir jetzt überlege, dies
nicht ganz richtig ist ... Durch meine Kenntnisse aus der
weit zurückliegenden Gymnasialzeit weiß ich, dass es ver-
schiedene Atome gibt, die sich zu Molekülen verbinden,
aus denen die unterschiedlichen Stoffe zusammengesetzt
sind. Doch was ich sah, waren blau strahlende Energie-
zustände – wobei das Wort »Zustände« falsch ist. Diese
»Energiezustände« waren nicht statisch, wie die Wort-
bedeutung nahelegt, sondern in beständiger Bewegung,
allerdings je nach Gegenstand oder Material langsamer
oder schneller, kaum wahrnehmbar in den Wänden, gut
sichtbar in den Gardinen, schnell in den Ästen und Blät-
tern. Diese »Energiezustände« hatten im Innern eine bro-
delnde Glut, um die bläulich schimmernde Halos lagen.
Doch beide, Glut und Halos, waren nichts Gegenständ-
liches. Sie bestanden, wie ich annehme, aus Energie, die
sich fortwährend verwandelte, vermischte, auslöschte. Ein
faszinierendes Bewegen zusammenhängender, jedoch ver-
schiedener und sich durchdringender Rhythmen.

Helstedt legte die Füllfeder zur Seite. Vor ihm lag
das Heft, die ersten Seiten beschrieben. Sein Versuch war besser gelungen, als er erwartet hatte, und

doch war er enttäuscht. Er verspürte Trauer. Er hatte sein Erlebnis, so gut er konnte, formuliert, doch nun kam ihm die Erfahrung selbst fremd und abartig vor. Ein fantastischer Unsinn, der durch das Aufschreiben deutlich geworden war. Die Wörter und Sätze machten sein Erlebnis unangenehm konkret, gleichzeitig auch vieldeutig und missverständlich. Er hatte sich vom Schreiben erhofft, das Flüchtige, das nur wenige Augenblicke gedauert hatte, festzuhalten, es vielleicht sogar in der Sprache wiederherzustellen, es erneut und für andere sichtbar zu machen. Nun war ihm bewusst geworden, dass dies unmöglich war, und dass er Linn mit seinen Worten nicht erreichte, er seine Adressatin mit jedem Satz mehr und mehr verloren hatte.

Er war mit seinem Schreibversuch unzufrieden, auch wenn er eine Merkwürdigkeit entdeckt hatte, die ihm beim Verfassen seiner fachlichen Artikel nie aufgefallen war. Durch seine Schriftzüge wurde die Heftseite mit einem Wort- und Satzornament bedeckt, das beim Lesen und Betrachten zu Bildern und Lauten wurde. Gleichzeitig sah er durch die Schriftzüge hinab in eine Leere, die weiß blieb und nicht zu benennen war. Er hatte mit seinem Schreibversuch klar verfehlt, was er sich erhofft hatte, nämlich sein Erlebnis in der Sprache so zu formen, dass es auch für Linn erlebbar wäre. Dafür hatte er etwas entdeckt, von dem er bisher nichts gewusst hatte: dass seine Schriftzüge Bedeutungsornamente auf den Seiten waren, durch die er hinab in das nie ganz zu Erfassende schauen konnte, das ein wenig so wie sein Erlebnis war.

13

Der junge Wissenschaftler verspürte die Erleichterung schon nach wenigen Stunden. Er atmete wieder leicht und durch eine befreite Nase. Die Gesichtsschwellungen gingen zurück und waren nach zwei, drei Tagen ganz verschwunden. Während dieser Zeit hatte er die Insel bereits mehrmals umwandert, hatte das Oberland und Unterland erforscht und war auf der Mole bis zum Felsenturm gelaufen, der »langen Anna«, begleitet vom Schreien der Trottellummen, dem donnernden Aufprall der Wogen an der Mauer. Die Insel, Rest eines einstmals versunkenen Landes, hatte nicht viel Ablenkung zu bieten. Er konnte hinüber zur Düne fahren und dort baden gehen, am Hafen den Fischern zusehen, wenn sie mit ihren Fängen hereinkamen. Auf seinem Balkon sitzen und hinaus aufs Meer schauen.

Er würde viel Zeit haben, und die wollte er nutzen, um sich von den Anstrengungen der letzten Tage und Wochen zu erholen. Doch als Erstes müsste er nach Kopenhagen schreiben. Sich für die Eigenmächtigkeit entschuldigen, dass er die Arbeit ohne Rücksprache und Erlaubnis abgeschickt hatte. Und während er sich überlegte, mit welchen Argumenten er sich am besten rechtfertigen konnte, stand er in Gedanken wieder im Zimmer an der Wandtafel voller Formeln und wusste, die Fragen, die sich aus dem Atommodell ergaben, würden ihn nicht loslassen. Er könnte sich von ihnen nicht frei machen und die Zeit hier lediglich mit Spazieren und Baden verbringen. Zu sehr verlangten sie nach Antworten, die sein Mentor und er nicht gefunden hatten.

Bei dem unlösbaren Widerspruch, dass man die Bahn eines Elektrons in der Nebelkammer sah, dass es diese nach den Berechnungen aber nicht geben durfte, hatte sich der Beobachter gefühlt, als sei er mit seinen Überlegungen selbst in den Nebel geraten. Er fühlte sich an eine Bergwanderung vor ein paar Jahren in Bayern erinnert: Er war mit Freunden in der Frühe aufgebrochen, bei klarer Sicht und wolkenlosem Himmel. Mit steigender Sonne trübte sich die Luft ein, zogen Wolkenballen an der Bergflanke entlang. Die kleine Gruppe gelangte, schon in Sichtweite des Gipfels, in eine dichte Nebelwand. Fast augenblicklich war die Umgebung, der Weg verschwunden, selbst die Freunde konnte er nur hören und eine wattige, feuchte Sichtlosigkeit umgab ihn. Nur auf gut Glück setzte er Schritt vor Schritt, tastete sich vorwärts auf einem Weg, den es nicht mehr gab.

Daran und an die Nebelkammer dachte er, als er am Abend am Tisch saß, durch das Fenster seines Zimmers hinaus aufs Meer sah, über das die Dämmerung ihren Dunstschleier legte. Ihm war, als hätte es noch ein Drittes gegeben, das mit Nebel und den Elektronenbahnen im Atommodell zu tun hatte. Doch es fiel ihm nicht ein. Bei der Bergwanderung hatte sich unerwartet ein Riss in der Nebelwand aufgetan, und durch ihn hatten sie die Kante des Gipfels gesehen, leuchtender Fels vor einem blassblauen Himmel. Die Erleichterung, von der bedrängenden Sichtlosigkeit ziehenden Nebels befreit zu sein, hatte er nie vergessen. Er fühlte sich damals »erlöst« vom blinden Vorwärtstasten, eine Empfindung, von der er jetzt, am Tisch gegenüber der nachtschwarzen Scheibe, weit entfernt war. Er wäre jetzt mehr als zufrieden gewesen, erkennte er wenigstens den schattenhaften Pfad zur Lösung der theoretischen Widersprüche. Er sähe vielleicht noch nicht den Gipfel wie damals auf der Wanderung, doch er wäre nicht mehr eingeschlossen in dieser Weglosigkeit, in der sich nicht einmal eine Richtung ausmachen ließ.

14

Helstedt führte ein Leben, das sehr verschieden von dem war, das er sich nach seiner Emeritierung erhofft hatte. Er war voller Vorfreude auf die gemeinsame Zeit mit Ellie gewesen. Endlich könnten sie ihre Tage nach eigenem Gutdünken verleben, Spaziergänge und Ausflüge machen, zu Orten reisen, die er schon lange wegen ihrer historischen Zeugnisse hatte aufsuchen wollen. Doch das Leben hielt für sie eine andere Erfahrung bereit: Ellie erkrankte, und dieser Weg führte nicht ins Äußere, in die Ferne hinaus, sondern ins Innere, in eine Körperwelt, zu Organen, Zellen, Wucherungen. Beide lernten sie eine neue Sprache aus medizinischen Begriffen kennen, fuhren statt südwärts in die Sonne zu Bestrahlungen mit Radium. Helstedt bemühte sich, das Haus zu besorgen, Ellie zu pflegen, ihren langsamen Verfall nicht nur zu beobachten, sondern auch auszuhalten. Sörensen war ihm in der Zeit von Ellies Siechtum eine wichtige Stütze gewesen, allein schon dadurch, dass er mindestens einmal die Woche abends aus dem Haus kam, über etwas anderes reden und nachdenken konnte als über Krankheit und Sterben. Nach Ellies Tod verfiel er einer Trauer, auch Fassungslosigkeit. Sie war lebensklug gewesen und hatte sich besser als er in diesem Dasein zurechtgefunden. Immer wieder holte sie ihn aus der Vergangenheit seines Fachgebietes in die Gegenwart, führte ihn zum Hier und Jetzt, aus dem er sich so gerne zurück in seine labyrinthischen Studiengänge zog. Wie konnte es sein, dass diese Frau durch ein solches Leiden gehen musste, und zur Trauer mischte sich Mitleid mit ihr, doch auch mit sich selbst. Er hatte nicht verdient, allein zurückzubleiben und ohne sie das Alter verbringen zu müssen. Zwei Jahre brauchte er, bis er aus seiner Trauer aufwachte und hinnehmen konnte, dass die Zeit mit Ellie, die auch seine Berufszeit gewesen war, zur eigenen und persönlichen Historie geworden war. Er zog in die neue Wohnung am Rand des Faelledparken, nahm anfänglich auch seine Studien wieder auf, las die Arbeiten von ehemaligen Kollegen. Doch sie interessierten ihn nicht mehr. Es war einzig noch Gewohnheit, ein Sichfortsetzen von Routine, und so schob er all die Fachzeitschriften und Bücher zur Seite, die ihm noch zugeschickt wurden. Doch das Nichtstun erwies sich als schwieriger, als er angenommen hatte. Der Morgen zog sich hin, er nahm einen späten Imbiss ein, auch um den Nachmittag zu verkürzen. Er fühlte sich oft müde, wusste nicht so recht, was er mit diesen trägen Stunden anfangen sollte, las Zeitung, lief durchs Quartier, kaufte im Laden an der Jagtvej ein, hoffte, vielleicht Linn zu sehen.

Dann war da der Morgen nach dem Besuch bei Sörensen gewesen. Er hatte etwas erlebt, das ihn beschäftigte und das er versuchte, aufzuschreiben. Auch wenn er ernüchtert feststellen musste, dass die Sätze und Wörter nicht wirklich wiedergeben konnten, was ihm geschehen war, schlug er nach dem Vieruhr-Tee das Heft auf, überflog, was er am Vortag geschrieben hatte. Augenblicklich erkannte er, was auf der Hand lag, ihm aber in seiner Erwartung nicht bewusst geworden war: Seine Schrift auf der weißen Heftseite war wie eine Spur im Schnee, die ein Fuchs gezogen hatte. Den Fuchs würde er nie einholen, wie er geglaubt hatte, doch der Spur müsste er dennoch weiter schreibend folgen. Nur so konnte er erfahren, wohin sie ihn führte.

Helstedt beschloss, mit seinen Aufzeichnungen fortzufahren.

15

Der junge Wissenschaftler hatte begonnen, entgegen seiner ursprünglichen Absicht, sich in den Tagen auf Helgoland lediglich zu erholen, an den ungelösten Fragen, die das Atommodell betrafen, herumzustudieren. Es war ihm nicht gelungen, sich von der Thematik freizuhalten. Sie begleitete ihn, wenn er ein paar Schritte vors Haus machte, blieb in einer Schicht seines Denkens gegenwärtig, wenn er am Küchentisch mit seiner Zimmerwirtin beim Essen saß. Sie erzählte, wie das Leben ihrer Schwiegereltern hier auf der Insel unter den Engländern gewesen war. Sie seien echte Helgoländer gewesen, nicht wie sie selbst, die aus Pinneberg stamme. Ihr Mann sei wie sein Vater auch Fischer gewesen, habe einen eigenen Kutter besessen, und sie habe als junge Frau oft Angst gehabt, wenn ihr Mann draußen auf Fang war und die Gischt an der Mauer in die Höhe schoss.

– Doch nicht das Meer, das Militär hat ihn geholt. Er wurde 1915 einberufen, musste an die Front. Die ganzen Jahre war er weg, und als alles schon vorbei war, in der letzten Woche vor Kriegsende, ist er gefallen …

Der Beobachter spürte, dass auch seine Zimmerwirtin sich an einer Frage abarbeitete, auf die sie
keine Antwort fand: warum ihr Mann hatte sterben
müssen, obwohl der Krieg zu Ende und entschie-
den war. Nicht, dass sie ständig daran dachte. Dazu
ließ der Alltag keine Zeit. Doch in einer unbewussten Schicht verblieb die Frage, war Anregungen ausgesetzt, die sie nicht spürte, die aber möglicherweise
eine Antwort unerwartet auf ein höheres Energieni-
veau hoben, das bereits im Bewusstsein lag und sie
überraschte.

So war es ihm in Kopenhagen ergangen, bei einem
der nächtlichen Gespräche. Sein Mentor und er
hatten über die Elektronen und ihre fragwürdigen
Kreisbahnen gesprochen. Ermüdet von den Diskussionen sagte er damals beiläufig und ohne Überlegung: »Was wir sehen, ist doch gar nicht die Bahn
des Elektrons und auch nicht das Elektron selber,
sondern nur der Kondensstreifen, den das Elektron
in der Nebelkammer erzeugt.« Beide hatten sie danach geschwiegen. Wovon sie überzeugt gewesen
waren und was ihre Überlegungen bestimmt hatte,
war durch die Bemerkung hinfällig geworden. Sie
hatten keine Bahn gesehen, sondern lediglich den
Niederschlag eines noch unbekannten Prozesses.
Nicht, dass dadurch ihre Fragen schon beantwortet
gewesen wären, ebenso wenig, wie sein Kommentar

zur Erzählung seiner Zimmerwirtin deren Frage beantwortete. Sie könne einfach nicht verstehen, hatte sie gesagt, wie ihr Mann alle Gefahren, die sein Beruf mit sich brachte, gemeistert habe, auch unversehrt durch die Zeit im Feld gekommen sei, um dann doch noch von einer Kugel getroffen zu werden.

– Das Leben, wie die Natur auch, sagte er, ist nicht deterministisch, sondern probabilistisch. Da nichts vorausbestimmt ist, und es für uns nur Wahrscheinlichkeiten gibt, lässt sich auch nicht mit Bestimmtheit sagen, weshalb etwas eintrifft oder eben nicht.

Als er den verständnislosen Blick der Frau sah, ergänzte er:

– In allem müssen wir mit dem Zufall rechnen.

Der Beobachter schämte sich für diese wenig einfühlsame Antwort, die zudem so phrasenhaft und banal klang.

16

Jeden Morgen stand Helstedt mit der Frage auf, ob es bei dem einen Erlebnis nach dem Besuch bei Sörensen bleiben werde oder ob sich in irgendeiner Weise dieses veränderte Wahrnehmen seiner Wohnung wiederholen würde. Mit einer gewissen Erwartung nahm er den ersten Schluck Kaffee, doch je öfter er enttäuscht wurde, desto weniger wahrscheinlich erschien es ihm, dass er nochmals zu sehen bekäme, was sich an jenem Morgen gezeigt hatte. Er versuchte, das damalige Erlebnis erneut in sich wachzurufen. Doch dieses erinnerte Erinnern lagerte sich wie eine Patina auf das ursprüngliche Erlebnis ab: die Intensität verblasste. Die Bilder wurden schwächer und undeutlicher, und was ihn besonders irritierte, sie verloren an Wahrscheinlichkeit. Helstedt beschloss, künftig nicht mehr an eine Wiederholung zu denken. Es sei besser, sich nichts mehr vorzustellen, nicht zu wissen, was man wusste, ein Vorsatz, der allerdings schwer einzuhalten war.

Er versuchte sich abzulenken und mit etwas zu beschäftigen, wovon er noch weniger eine Ahnung hatte, als von dieser eigenartigen Erfahrung. Er blätterte in dem Kochbuch, das er der Gicht wegen in seiner alten Buchhandlung gekauft, aber bisher noch nicht benutzt hatte. Er wollte seinen Alltag etwas stärker einteilen, sich an Zeiten und Tätigkeiten halten, wie zum Beispiel gegen elf Uhr einkaufen zu gehen, dann zu kochen, am Nachmittag einen Spaziergang im Park zu machen. Das Ergebnis dieser Absicht war ein Fisch im Kühlkasten und ein paar Kartoffeln im Korb auf dem Balkon. Er würde die Knollen schälen, sie in Stücke schneiden und in Salzwasser kochen. Viel konnte dabei nicht schiefgehen. Er müsste von Zeit zu Zeit mit der Messerspitze in ein Stück stechen, um zu prüfen, ob die Kartoffeln schon weich gekocht seien. Wie aber machte er es mit dem Fisch? Man konnte ja nicht in dieses Tier hineinsehen, um festzustellen, ob es schon durchgebraten sei, und die Anweisung im Kochbuch »in Öl bei mittlerer Hitze braten«, war nicht sehr hilfreich. Er würde es eben versuchen müssen. Doch bevor er sich an dieses Experiment wagen und sich an den Herd stellen wollte, erschien es ihm doch leichter, sich an den Schreibtisch zu setzen und sein Heft zu öffnen. Es wäre früh genug, sich nach einem weiteren Eintrag mit Kartoffeln und Fisch zu beschäftigen.

17

Nach einem Gang über das Oberland legte der junge Wissenschaftler die Mappe vor sich auf den Tisch am Fenster, öffnete sie und nahm die Papiere heraus, die er mitgebracht hatte. Sie waren von Berechnungen und Formeln bedeckt, mit denen er vermutete Lösungen überprüft hatte. Doch die Seiten sahen ihn fremd und nicht hierher gehörig an. Sie lösten einen Widerwillen aus. An den Blättern haftete die zurückgelassene Atmosphäre der Institutsräume, brachte sie grau und freudlos hierher, in diese einfache Stube. Selbstverständlich war es ehrenvoll, in seinem jugendlichen Alter mit einem Physiker von Weltrang Tage und Nächte an zentralen Forschungsfragen zu arbeiten. Zwar tauschte er sich auch in Deutschland mit exzellenten Wissenschaftlern aus, die sich mit den neuen Teilchentheorien beschäftigten, Experimente durchführten und mathematische Lösungen ausprobierten. Doch Kopenhagen war etwas anderes als nur Austausch. Der Professor war ein brillanter Theoretiker, und er war ein Berserker. Forschung bedeutete ihm keine Tätigkeit, sie war Existenz, eine Art, das Leben zu führen, konsequent und ausschließlich der

Arbeit gewidmet. Ausnahmen? Ja, gab es. Sie waren einmal ans Meer gefahren, hatten eine Wanderung gemacht, ebenso ausschließlich, als wäre der Fußmarsch durch die Wiesen und Wälder, entlang des Meeresstrands nur eine notwendige zwischenzeitliche Kenntnisnahme der Natur und ihrer Erscheinungen gewesen, deren Grundstruktur sie am Institut zu verstehen suchten. Sowohl bei den seltenen Ausflügen, wie bei dem endlosen Notieren und Diskutieren von Formeln, galt es stets an die Grenzen zu gehen – und oft darüber hinaus. Es war mehr als einmal vorgekommen, dass der Druck der bohrenden Fragen ein Sichüberschneiden von Gedanken ausgelöst hatte, wodurch sich diese gegenseitig aufhoben und eine hilflose Leere zurückließen.

Dieser schwebend unentschiedene Zustand wehte ihn aus den Papieren an, ein Überdruss auch, und gab ihm das Gefühl, das Heufieber sei zurück, ließe ihn schwerer atmen – während doch das klare Insellicht im Fenster über seinem Tisch stand, der Wind eine frische, salzig riechende Luft an die Scheiben warf, die leicht in den Rahmen klirrten. Der Beobachter saß eine ganze Weile reglos am Tisch. Er wünschte sich, er hätte ein Radio, um ein Konzert zu hören. Nichts beruhigte und klärte seine Gefühle wie Musik, und wenn es auch merkwürdig sein mochte, durch sie gewann er stets den Glauben an eine hinter allen Erscheinungen liegende Ordnung zurück. In der Musik hörte er sie, und mit ein wenig Wehmut dachte er an die Hauskonzerte. Sie waren ihrer drei gewesen, die sich regelmäßig zum Musizieren getroffen, Brahms oder Schubert gespielt hatten, und in diesem Spiel ein schweigendes gegenseitiges Verstehen gefunden hatten.

18

Helstedt fuhr fast liebevoll über die Heftseite, die leer und weiß vor ihm lag. Mit einem gemischten Gefühl aus Neugier und Versagensängsten schraubte er die Kappe von der Füllfeder. Er hatte sie zu seinem Doktorat von Ellie geschenkt bekommen, ein kleines schwarzes Gerät mit zwei Goldringen und der Einstecknadel in Form eines gefiederten Pfeils. Er könnte auch an Ellie schreiben statt an Linn, an Ellie, die er nicht verlieren konnte. Er stellte sich vor, wie sie im Fauteuil am Fenster gesessen und ihn ruhig angesehen hatte, während er jeweils erzählte.

Ich sah, dass all die Dinge um mich her aus Energie bestanden, aus Kräften gegenseitiger Anziehung und Abstoßung, in denen es jedoch keine irgendwie gearteten Körper, Körner oder Kerne gab, wie wir versucht sind, es uns vorzustellen und von antiken Denkern wie Demokrit her kennen. Es sind »bewegte Zustände« von verschieden starker Energiedichte oder intensiverer Wechselwirkung. Und das war für mich das Verblüffende: Alles, was sich mir an bläulichen Strukturen zeigte, war nicht fest, nicht starr, auch nicht die Dinge, die mir im Alltag als fest und unbeweglich erscheinen wie der Tisch, die Tasse, die Wände.

Ich befand mich inmitten einer unablässigen Bewegung balliger Wellen, und ich fühlte mich im Nachhinein an eine Ferienreise in meiner Kindheit erinnert. Vater war Architekt, und es war ein alter Wunsch von ihm gewesen, den Dom und die Münster von Köln, Straßburg, Freiburg und Basel zu sehen. Also fuhren wir südwärts nach Deutschland (und vielleicht verdanke ich dieser Reise mein historisches Interesse? Während Vater die konstruktiven Aspekte der Bauten interessierte, fragte ich mich etwas ratlos, wie eine Gesellschaft beschaffen sein musste, die als Quintessenz ihres gemeinschaftlichen Daseins solche Bauwerke hinzustellen imstande war). Es war heiß in Basel, und von der Schanz aus sahen wir eine in den Strom hinausgebaute Badeanstalt. Dort wollten wir uns nach der Besichtigung abkühlen, und es war das erste Mal, dass ich in einem Strom badete. Ich stand auf den algig glitschigen Balken, war fasziniert von der Kraft des Wassers, das mich umfloss und umströmte. Dieselbe Faszination fühlte ich am Morgen nach dem Besuch bei Sörensen, als alles um mich her von transparenter Bewegung war. Ich war, wie damals von Wasser, von Materie umströmt, die jedoch im Gegensatz zum Fluss keine Richtung besaß. Einen Moment lang glaubte ich, anhand dieser beständigen, sich austauschenden Bewegungen zu verstehen, weshalb die Dinge altern, auch scheinbar unveränderliche Materialien wie Steine. Diese Bewegungen müssten irgendwann sich verlangsamen, die Energie verbraucht sein. Doch es

war nur ein Augenblick, dann war dieses Verstehen er-
loschen, und ich hatte das Gefühl, nichts wirklich begrif-
fen zu haben.

Die Feder kratzte auf dem Papier und gab ihm das Gefühl, Ellie sein Erlebnis erzählt zu haben.

19

Es dauerte, bis er im Herumblättern in seinen Papieren die Faszination wiederfand, die zu den darauf notierten Formeln geführt hatte. An dem Stapel haftete die Erinnerung an die ergebnislosen Diskussionen im Kopenhagener Institut, und er musste sie zur Seite schieben, um erneut den Anschluss an die Forschungsfragen zu finden und hinab in die klaren Abstraktionen tauchen zu können. Mit dem neu erwachten Interesse, dem Nachspüren, was dieser oder jener mathematische Versuch bezweckt hatte, wurde das Fenster zur bloßen Lichtquelle am Tag und zu einem trüben Spiegel in der Nacht. Er lebte in Zahlenreihen, die eine eigene abstrakte Landschaft waren, aus denen er jeweils wie aus einem Traum in die Gegenwart des kleinen Zimmers erwachte.

Woran er arbeite, fragte am nächsten Tag die Zimmerwirtin beim Frühstück. Er solle sich etwas mehr ausruhen und seine Augen schonen. Sie habe bemerkt, dass in seinem Zimmer das Licht bis spät in der Nacht gebrannt habe …

– Ich weiß, sagte der Beobachter: Schlaf vor Mitternacht ist gesund! Ein Spruch, den ich aus meiner Kindheit kenne.

Fügte dann aber mit der schlussfolgernden Logik des Naturwissenschaftlers hinzu:

– Daran sollten auch Sie sich halten. Sie könnten nämlich nicht feststellen, dass ich noch bis zwei Uhr früh bei der Arbeit sitze, wenn nicht auch Sie zu der Zeit wach und im Haus unterwegs wären.

Er hoffte, mit dieser augenzwinkernden Bemerkung die Frage vergessen zu machen, woran er arbeite. Wusste er es denn selbst so genau?

Sie hatten versucht, die Widersprüche, die sich durch die Annahme von festen Elektronenbahnen im Atom ergaben, mittels Versuch und Irrtum zu lösen. Sie hatten ein mögliches Ergebnis festgelegt und erst danach versucht, den Weg dorthin mathematisch zu formulieren. Doch stets flossen Abweichungen in die Berechnungen ein, die mit den herkömmlichen physikalischen Begriffen nicht vereinbar waren. Das Verfahren faszinierte ihn dennoch. Es führte zu ungewohnten Überlegungen, erinnerte ihn aber auch an ein Erlebnis während einer Wanderung mit seinem Mentor. Aus einer Laune heraus versuchten sie, mit Steinen ein zuvor bezeichnetes Ziel zu treffen, eine Kinderei, die ihnen jedoch Spaß machte. Er hatte dabei auf einen Telegrafenmasten gezeigt, der so weit entfernt war, dass es unwahrscheinlich war, ihn zu treffen. Doch er traf. Sein Mentor blieb erstaunt stehen. Es könne dies nur gelingen, sagte er nachdenklich, wenn man nicht an die Bewegung, sondern nur an das Ziel denke. Und das war, was sie an manchen Abenden getan hatten: ein Ergebnis zu formulieren, das sie hofften, mathematisch zu treffen.

Nachdem er Stunden in dem Stapel geblättert, einzelne Versuche neu durchgerechnet hatte und feststellen musste, dass sie nicht wirklich taugten, entschloss er sich, den ganzen Ballast abzuwerfen und sich mit den damaligen Versuchen nicht weiter zu beschäftigen. Er würde sich von all den keck hingeworfenen Berechnungen frei machen und die ihnen zugrunde liegenden Vermutungen vergessen. Bloß war dies einfacher gesagt als getan. Was einmal durchdacht und formuliert ist, lässt sich so leicht nicht loswerden. Es hat Gründe gegeben, weshalb man zu dieser oder jener Vermutung gekommen ist, und wieder bleibt man in den festgehaltenen Überlegungen hängen. Sie waren im ersten Moment bestechend, dann einleuchtend gewesen und haben sich schließlich doch als falsch erwiesen.

Er packte das Bündel Papier in die Mappe, brachte diese im Schrank unter und zog sich die Schuhe an. Das Gehen, ja mehr noch das Wandern, war für ihn schon während der Studienjahre eine Möglichkeit gewesen, sich von quälenden Gedanken oder Erlebnissen zu befreien, aufzuatmen, in der Bewegung und der Konzentration auf den Weg, im Aufschauen und Schweifenlassen des Blicks wieder eine selbstgewisse Ruhe zu finden: Es gab diese Schöpfung, und er durfte sich in ihr bewegen. Sie war Stein, Erde, Pflanze, Sonne und Wind. Er hatte schon in den ersten Tagen einen Rundweg auf der Insel ausgemacht, den er zwei-, dreimal ablaufen konnte, immerhin mit Ab- und Aufstieg: Die Insel war gemessen an seinem Bewegungsdrang klein. Ein wenig in Schweiß geraten wollte er schon. Doch daran würde heute kein Mangel sein, auch wenn der Wind pfiff und es kühl war. Es mussten mehrere Runden werden, bis der Kopf einigermaßen frei sein würde, und er zurück an die Arbeit gehen konnte.

20

Helstedt überhörte die Ironie in Sörensens Bemerkung, als dieser zu Besuch war und in der Küche stand:

– Das also ist der Ort, an dem du die Materie als bläuliches Gefunkel durchschaut hast.

Er solle die Flasche und die Gläser ins Wohnzimmer tragen, sagte Helstedt, er bereite noch den Imbiss vor.

Es gehörte zum Ritual ihrer Treffen, dass sie eine Flasche Wein öffneten, etwas Brot und Käse aßen und es sich in den Sesseln gegenüber dem Balkon bequem machten. Nach einem ersten Schluck, dem ein Riechen, Schwenken und Begutachten der Farbe vorausgegangen war, begann ihr Gespräch, meist mit Alltäglichkeiten. Helstedt hatte sich vorgenommen, nicht noch mal auf sein Erlebnis zurückzukommen, und schon gar nichts von der Erfahrung im Park während eines Spaziergangs zu erzählen. Doch es war Sörensen, der das Thema aufnahm, und die Ernsthaftigkeit, die er nach seiner flapsigen Anfangsbemerkung spüren ließ, überraschte Helstedt. Er habe in den letzten Tagen, sagte Sörensen, immer wieder darüber nachdenken müssen, wie eine solche Erfahrung möglich sei, zumal Helstedt ja nichts von Physik verstehe oder sich mit den neuen Theorien um das Atom beschäftige. Es müsse doch einen Zusammenhang geben zwischen diesen neuen Forschungen und dem, was er, Helstedt, gesehen und erlebt habe. Er könne sich nicht vorstellen, dass eine solche Vision – ein Begriff, den ich wegen seines mystischen Beigeschmacks ungern verwende – aus dem Nichts heraus geschehe, ohne erkennbare Ursache. Denn dass Helstedt nach seinem Besuch bei ihm, auf dem Nachhauseweg, jeweils am Physik-Institut vorbeigehe, könne wohl nicht der Grund für sein Erlebnis gewesen sein. Wie er selbst es sich erkläre?

– Gar nicht, antwortete Helstedt. Er habe ihm ja erzählt, dass er anfänglich noch an die Fortsetzung eines Traums im Wachsein gedacht habe, eines Traums, der ebenfalls ungewöhnlich licht und transparent gewesen sei.

Doch danach habe ihn mehr die Frage beschäftigt, ob dieses Durchbrechen der gewohnten Wahrnehmung ein einmaliges Geschehen gewesen sei oder ob es ein weiteres geben werde.

Sörensen blickte in die Äste der Linde, deren herzförmig gezackte Blätter leicht im abendlichen Wind schwankten. Es würde hell bleiben, die Sonne bis spät ihre schräg einfallenden Strahlen in die Straßen und auf die Hauswände werfen, dieses weiche, kupfrige

Licht. Er liebte die weißen Nächte. Ein wenig reute ihn, dass sie an einem so heiteren Abend drinnen, in Helstedts Zimmer saßen, statt draußen am Hafen in einem der Restaurants. Zumal er lieber ein Bier gehabt hätte als diesen etwas säuerlichen Wein.

– Wenn ich da aus deinem Fenster schaue, auf den Baum und die Fassade gegenüber, frage ich mich, ob dich ein solches Durchbrechen der gewohnten Wahrnehmung, wie du es nennst, nicht geängstigt hat?

– Nein, und ich kann auch keinen Zusammenhang mit etwas Vorangegangenem erkennen, das als ein Grund infrage käme.

Er habe vor einiger Zeit an einem Essay geschrieben, der sich mit den kulturgeschichtlichen Wurzeln der Romantik befasse …

– … an dem ich jedoch bald die Lust verlor. Es war ein Zurückgehen oder Fortsetzen meiner ehemaligen Tätigkeit, die doch abgeschlossen ist.

Die Arbeit habe mit dem literarischen Motiv des Bergbaus zu tun gehabt, nicht mit den bekannten Beispielen Novalis, E.T.A. Hoffmann oder Heine, sondern mit dem Bergwerk als Erkenntnisort. Durch die Gesteinsschichten sei deutlich geworden, dass die Welt älter sein müsse, als die Bibel angebe und während Jahrhunderten geglaubt worden ist.

– Über die Auswirkung dieser Erkenntnis habe ich

ein paar Überlegungen angestellt, die jedoch nichts mit Materie, ihrem Aufbau oder ihrer Struktur zu tun hatten.

Dann, nach kurzer Überlegung, sagt er:

– Was wissen wir, welchen Anregungen wir ausgesetzt sind. Als Historiker war mir immer klar, dass die Epoche, in der wir leben, uns stärker beeinflusst als wir ahnen, ja, dass wir dauernd umspült sind von Stimmungen, Meinungen, auch neuen Einsichten. Weiß ich, ob nicht an einer Ecke der Welt eine Entdeckung gemacht wird, die mich stärker beeinflusst, als ich mir bewusst bin?

– Das klingt mir ein bisschen zu sprunghaft, sagte Sörensen, und auch den Ausdruck »Durchbrechen« in Zusammenhang mit der Wahrnehmung mag ich nicht, er lässt mich an Insassen einer Heilanstalt denken.

Keinen Augenblick lang hatte Helstedt der Gedanke gestreift, es könnte etwas mit ihm nicht in Ordnung sein, er sei krank und leide an Wahnvorstellungen. Ein »Durchbrechen der gewohnten Wahrnehmung« hatte er es genannt, weil er die Empfindung hatte, es sei im normalen und alltäglichen Wahrnehmen eine Öffnung entstanden, durch die er in eine andere Dimension geblickt habe. So, wie erneut am gestrigen Nachmittag.

Obschon er sich vorgenommen hatte, nichts von

dem Spaziergang zu erzählen, ließ ihn Sörensens Interesse die Zurückhaltung aufgeben, auch weil er ein Bedürfnis verspürte, sich mitzuteilen.

– Es war strahlendes Wetter wie heute gewesen, sagte er. Um meiner Müdigkeit und der drohenden Langeweile zu entkommen, entschloss ich mich auszugehen, durch den Faelledparken zur Innenstadt. Unweit des Sees setzte ich mich auf eine Bank in den Halbschatten, schaute auf den Rasen, die Bäume, auf einen Busch neben einem Beet kleiner Windrosen, ließ den Blick zu den Häusern schweifen, die an den Park angrenzen. Die Sonne schien, Schattendunkel in den Bäumen und Büschen wechselte mit leuchtenden Rasenflächen – doch ich sah das Licht nicht wie üblich als verschieden starke Helligkeit, sondern als einen Strom von Lichtteilchen, Wellen verschiedener Länge und Farbe, sah die Strahlen als einen Gewitterregen, der unablässig auf den Rasen niederging und ein Nieseln in den Schatten war. Ich fühlte mich umhüllt von diesem Prasseln und sich Verweben von Wellen. In einem Gefühl von Erheiterung glaubte ich zu erkennen, dass Gras, Bäume, die Häuser, ja, dass alles Sichtbare eine durch diesen Sturmregen bewirkte Gegenform war. Eine kleine Pflanze sah ich als ein erstaunliches Gebilde, das dieses beständige Prasseln durch seine Gestalt auf eigene, wunderbare Weise beantwortet, und diese Antwort war gleichzeitig eine Antwort auf die Antwort anderer Antworten: Ein unendlicher Dialog von allem mit allem um das eine Thema, permanent eine Lösung für die Wirkungen zu finden, die der Strahlenstrom von Lichtteilchen wieder und wieder erzeugt.

Helstedt war von dem, was er gesehen hatte, überwältigt gewesen. Er sah – in ihrer nun wieder gewohnten Ansicht – die Bäume, Büsche, das Gras oder das Windröschen wie ein erstes Mal. Lange blieb er auf der Bank sitzen.

21

Nichts störte in dem kleinen Zimmer, und eine Ruhe umgab den jungen Wissenschaftler, die er körperlich wie eine Hülle empfand. Nur manchmal rüttelte der Wind am Fenster, erinnerte ihn, dass draußen vor der nachtschwarzen, spiegelnden Scheibe, hinter den Dächern des Unterlands, das Meer lag, bei dessen Anblick man glaubte, »einen Teil der Unendlichkeit zu ergreifen«, wie sein Mentor während einer Wanderung gesagt hatte.

Der junge Wissenschaftler dachte, er müsste vorsichtiger mit dem Festhalten vager Überlegungen werden. Sie waren wie ein Dickicht, das mehr versperrte als zugänglich machte, wenn ihm auch bewusst war, dass dieses Erraten der Lösungen wesentlich dazu beitrug, in ungewohnten Dimensionen zu denken, Räume zu öffnen, in die er nie zuvor geblickt hatte. In diesen herrschten offenbar unbekannte Gesetze und das bedeutete, dass es für diese eine Theorie geben musste, die sie begründete und erklärte. Durch sie käme er zu neuen Einsichten in das atomare Geschehen.

Der Beobachter sah eine Weile auf den Schreibblock, den er vor sich hingelegt hatte. Er betrachtete die Seite und machte sich Mut. Sie war weiß wie die Nebelwand damals auf der Bergwanderung, in der es keine Anhaltspunkte für den Weg mehr gegeben hatte und den er dennoch tastend vorwärts gegangen war.

Bei der Erinnerung an die Bergwanderung fiel ihm ein, dass er sich schon einmal in einem Dschungel mathematischer Formeln verloren hatte. Das war im Sommer 1924 gewesen, als er seine wissenschaftlichen Arbeiten in Deutschland aufgenommen hatte. Er versuchte damals die Formeln für die Intensitäten der Linien im Wasserstoffspektrum zu finden, doch verlor er sich so sehr in einen Formelkram, dass er abbrechen und nach einer einfacheren Anordnung für seine Berechnungen hatte suchen müssen. Damals war ihm der Gedanke gekommen, man dürfe nicht nach den Bahnen der Elektronen fragen, sondern rechnen, als gäbe es sie nicht. Doch die Autorität seines Mentors, die breite Anerkennung des Atommodells, für das der Professor den Nobelpreis erhalten hatte, ließ ihn während der Gespräche nicht an die damalige Arbeit und die dabei gemachte Vermutung denken. Sein Mentor und er rechneten ganz selbstverständlich mit den festen Bahnen des Modells, nahmen sie als gegeben hin und taten genau das, was man nach seiner Vermutung im Sommer 1924 unterlassen sollte, nämlich von solch festen Bahnen auszugehen und diese in die Berechnung einzubeziehen. Was aber wären die Konsequenzen, würde er dies nicht tun. Was bliebe übrig und worauf müsste er seine Aufmerksamkeit richten, wenn es diese Bahnen nicht gab?

Der junge Wissenschaftler saß reglos an seinem Tisch, sah in die nachtschwarze Scheibe des Fensters, in der er sich spiegelte, ein undeutlich verwischter Umriss. Doch er sah nicht den jungen Mann mit dem leicht krausen, nach hinten gekämmten Haar, sah nicht das Gesicht eines etwas naiven, sportlichen Berggängers, gut bürgerlich erzogen, mit musischen und philosophischen Interessen, von scharfer Intelligenz und rational geschultem Verstand. Er sah durch sich und die Scheibe hindurch ins Dunkel, in dem nur wenige Lichter brannten, hatte gleichzeitig den Blick nach innen gerichtet, glitt fast träumerisch an Fäden entlang, die von Formeln zu möglichen Ergebnissen und von diesen zu Erwägungen ihrer Auswirkungen führten, um sich schließlich zu erinnern: nächtlicher Nebel, in dem Straßenleuchten brannten. Er hatte auf der Bank hinter dem Institut gesessen, die Kühle genossen und sich von den Gesprächen erholt. Die ersten Anzeichen des Heufiebers machten sich bemerkbar, die verstopfte Nase, das schwerere Atmen, als ein Mann in einen der Lichtkreise trat, diesen durchquerte, für einen Moment verschwand, um im nächsten Lichtkreis wieder sichtbar zu werden, und so noch zwei weitere Male, bis der Unbekannte im Dunkel des Parks verschwand.

22

Vielleicht war es an dem Abend falsch gewesen, Sörensen von der Erfahrung während seines Spaziergangs zu erzählen. Für einen Außenstehenden, der keine ähnlichen Erlebnisse kannte, musste sich seine Geschichte wie der Bericht eines Verwirrten anhören, der Dinge sah, die es nicht gibt. Sörensen hatte interessiert zugehört und das Gehörte nach einigen »Hm-hms« auch kommentiert, wobei er die »Strahlen als Gewitterregen« oder den »Strom von Lichtteilchen« als befremdlich zur Seite schob und einzig die Schlussfolgerung, wir seien von einer Vielzahl von Lösungen auf die Einwirkungen des Lichts umgeben, respektive von Antworten auf das Problem gegenseitiger Beeinflussungen, für bedenkenswert hielt.

Nach einem bedächtigen Schluck Wein sagte er:

– Das Spazieren scheint aus dir einen Dichter fantastischer Literatur zu machen.

Er lachte glucksend in sich hinein, ein Lachen, das er stets hören ließ, um anzuzeigen, dass seine Bemerkung nicht ganz ernst gemeint sei, er sie jedoch für geistreich und witzig hielt.

– Denn was du hier als Einsicht aus deinem Erlebnis beschreibst, ist ein alter Hut und lässt sich auf die Aussage reduzieren, dass was ist, immer die Lösung eines einstigen Problems darstellt. Auf den ersten Blick ist die These faszinierend, lässt sich doch bei allem, was wir betrachten, nach dem ursprünglichen Problem fragen.

Wie sich denn eigentlich die Lösung für sein Problem des Kochens gestaltet habe?

Helstedt mochte auf den neuerlichen Spott nicht antworten, schon weil ihm der Unernst und die leichte Häme unpassend erschienen, er aber auch nicht eingestehen mochte, dass er nach drei Versuchen in den alten Schlendrian unregelmäßigen und etwas beliebigen Essens zurückgefallen war.

– Die Herdflamme strahlt, und das Essen im Topf antwortet durch Anbrennen. Im Ernst, Helstedt! Beim Überdenken erweist sich die These, dass alles und jedes die Lösung eines Problems sei, als Banalität.

Das Problem und seine Lösung lägen jeweils auf der Hand: Ein Haus schütze vor Witterung, Regen, Kälte, Wind. Ein Messer löse das Problem, ein Stück in zwei Teile zu trennen.

Nein, dachte Helstedt, während er seinem Freund zuhörte, nicht die Schlussfolgerungen waren banal, sein Erlebnis wurde durch die Art des Einwandes banalisiert. Bei seiner Wahrnehmung im Park war es um keine Schlussfolgerung gegangen, die irgendeine Gültigkeit beanspruchte. Er hatte nur einfach gesehen, wie alles auf diese Strahlen reagierte und durch das Reagieren Gestalt fand und sich veränderte. Er hatte eine Dynamik beobachtet, die in ihrer Ganzheit nicht zu fassen war, doch sich ihm als ein vielfältig aufeinander bezogenes Antworten zeigte. Sörensen dagegen stoppte, was ein Prozess war, löste einen Teilaspekt aus dem Ganzen und machte diesen zu einem Objekt, das eine bestimmte Wirkung hatte. Die Dynamik blieb unbeachtet, in deren vielfältigen und aufeinander bezogenen Bewegungen sich nicht so leicht ein Zweck bestimmen ließ.

Helstedt hatte versucht, zu erklären und sich verständlich zu machen, was jedoch nur zu einem weiteren Streit geführt hatte. Unmutig räumte er Gläser und Teller ab, nachdem Sörensen gegangen war. Danach setzte er sich einen Augenblick auf den Balkon, schaute zur Linde, deren Blättergrün nur mehr eine Ahnung im Dämmergrau des Hinterhofs war. Er brauchte sich nicht zu beeilen, ins Bett zu kommen. Er würde, wie immer nach den Treffen mit Sörensen, sowieso schlecht schlafen. Er trank in Ruhe den Rest Wein aus und dachte an Ellie. Sie hätte ihn verstanden.

23

Weshalb hatte sich ein so gewöhnliches Ereignis, wie der Mann auf seinem Weg durch die Lichtkreise, in sein Erinnern eingeprägt? Was genau hatte er gesehen?

Der junge Wissenschaftler ging die nächtliche Szene nochmals durch.

Er hatte sich hinter dem Institut, wo der Weg in den Faelledparken führt, auf die Bank gesetzt, um sich auszuruhen und sich von den Gesprächen, was an dem jetzigen Atommodell unvollständig war, zu erholen. Dann sah er diesen Mann, der den Spazierweg entlangging, dabei sichtbar und gegenwärtig war, solange er sich im Lichtkreis der Straßenleuchte bewegte, danach sich jedoch im nebligen Dunkel verlor. Er konnte erst im nächsten Lichtkreis wieder beobachtet werden. Wo aber war er in der Zeit, da er ihn nicht sah? Gab es ihn noch, existierte er tatsächlich, und weshalb war er sich als Beobachter sicher, dass der Fremde auch wieder auftauchte? Und falls er dies tat, wo genau würde der Mann wieder erscheinen? Zwar war er mit einiger Wahrscheinlichkeit im nächsten Lichtkreis zu erwarten. Doch vielleicht änderte er die Richtung, kehrte wieder um, erschien im vorherigen Lichtkreis, den er eben verlassen hatte. Und was geschah mit dem Fremden, sollte er überhaupt nicht mehr auftauchen?

Die beobachtete Szene, während er sie vor sich ablaufen sah, verwandelte sich, regte Überlegungen an, die in die Tiefe kleinster Teile führten, zu Fragen, an denen er die letzten Tage gearbeitet hatte. Was bedeutete die Beobachtung des Mannes, der auftauchte und verschwand, für das Atommodell? Existierten Elektronen nur als solche, wenn sie beobachtet wurden, nicht aber, wenn sie nicht beobachtet wurden? Gäbe es folglich auch keine Bahnen, auf denen Elektronen um den Atomkern kreisten? Konnte man überhaupt voraussagen, wann und an welchem Ort sich ein Elektron befinden würde? Wäre es nicht wie bei dem Fremden, dass es nur eine Wahrscheinlichkeit gab, die stets vom momentanen Kenntnisstand unseres Wissens beeinflusst war? Durch das Gehirn des Beobachters liefen Gedankenwellen, die mit ihren Kämmen und Tälern zwischen der Sprache und der Mathematik schwangen, die sich überlagerten, verstärkten und in Zweifeln wieder aufhoben, doch immer neu ausgesandt wurden durch eine Erregung, er sei auf etwas noch Unformuliertes, doch Richtungsweisendes gestoßen. Die Erregung übertrug sich auf seinen Körper, durchrann ihn als ein süßliches Sirren, wie er es jeweils verspürt hatte, wenn er als Kind die beiden Pole einer Batterie an seine Zunge gehalten hatte.

Er beugte sich über die leere weiße Seite seines Schreibblocks, sah durch sie hinab auf einen Zeichen- und Zahlenraum, aus dem herauf Formeln drängten. Verkapselt in eine Konzentration, in die nichts Äußeres mehr eindrang, begann er zu schreiben.

24

Helstedt setzte sich in den Sessel bei der Balkontür und blätterte die Zeitung durch. Verblüfft stieß er auf eine Glosse von Sörensen mit dem Titel »Der Mann, der überall Lösungen sah«. Er war überrascht und erfreut, dass sein Freund über ihn schrieb. Was er allerdings las, ärgerte ihn. Nicht nur hatte Sörensen nichts von dem verstanden, was er ihm anvertraut hatte, er machte sich auch lustig über sein Erlebnis im Park. Im Artikel beschrieb sich Sörensen selbstironisch als jemanden, der sich von dem Gedanken blenden ließ, alles, was uns umgebe, sowohl Lebewesen als auch Gegenstände, seien das Ergebnis eines Problems, das durch ihre Gestalt und Form gelöst worden sei. Erst als er sich vorgestellt habe, dass ein Aschenbecher die Lösung gegen das wahllose Verstreuen von Zigarettenasche sei, habe er bemerkt, dass es sich bei der Erkenntnis seines Freundes um einen Gemeinplatz handelte.

»So leicht lassen wir uns von geschickten Formulierungen blenden.«

Dabei war er es doch gewesen, der Helstedts Erlebnis auf die Formel reduziert hatte, alles, was uns umgebe, sei die Lösung eines Problems. Er hatte mit seiner These blenden wollen und durch sie gleichzeitig das Geschilderte banalisiert. Und obwohl es mit ihm, Helstedt, und seiner Erfahrung nichts zu tun hatte, empfand er die Glosse als einen Verrat an ihrem Gespräch. Ärgerlich warf er die Zeitung zu Boden. Was für eine Herabwürdigung eines ihm wichtigen Erlebnisses! Mit zwei strengen Falten über der Nase sah er zur Linde im Innenhof hoch, ließ den Blick durch die Krone gleiten, durch diesen Raum aus sich verzweigenden Ästen, schattig von der Blätterfülle. Während er noch kopfschüttelnd an Sörensen und seine Glosse dachte, fiel ihm beim Betrachten der Baumkrone, ihrer Gabelungen und Zweige, ein Gedanke ein, der ihn augenblicklich erheiterte, die Falten zum Verschwinden brachte und die Mundwinkel nach oben zog: Welche Art von Lösung eines Problems würde eigentlich er selbst sein? Er, Professor Helstedt, emeritierter Professor für neuere Geschichte, 69, von mittelgroßer Statur und etwas gelichtetem Haar, stets in Anzug und nicht immer entstaubtem Schuhwerk, Autor vieler, auch größerer Publikationen, die aber kaum Beachtung außerhalb der Fachwelt gefunden hatten? Was konnte das sein, worauf er antwortete? Er wusste es nicht, zumal ein Problem bis jetzt keine Lösung fand. Seit Ellies Tod beschäftigte ihn der Gedanke, wie merkwürdig es sei, ohne sie weiterzuleben und ein neues und anderes Leben führen zu müssen. Er war zwar von ihrer gemeinsamen, ehemaligen Wohnung hier hinaus an den Rand des Faelledparken gezogen, doch es war noch immer ein »halbes Leben«, das er auf einer dunklen Folie von Trauer hinbrachte. Es gab Tage, da verspürte er den Wunsch nach Ergänzung, nach einer neuen Zweisamkeit. Dann dachte er an Linn. Ob eine Gemeinschaft mit ihr die Lösung für sein Einsamsein sein könnte?

Er hob die Zeitung auf, überflog nochmals den Artikel, schüttelte den Kopf. Sörensen hatte wirklich nichts verstanden. Zur Glosse würde er nichts sagen, selbst wenn Sörensen fragen sollte. Doch in seinem Schreibheft wollte er festhalten, was er im Park gesehen hatte. Sörensens feuilletonistische Verzerrung durfte nicht das alleinige Zeugnis des Geschauten bleiben.

Nach einem Spaziergang setzte er sich gegen Abend vor sein Schreibheft, schlug eine neue Seite auf, sah auf ihr Weiß. Doch es fielen ihm keine Wörter und Sätze ein, und so sehr er in sich hineinhorchte, er hörte nichts. An der Glosse konnte es nicht liegen. Sie hatte mehr mit Sörensens eigenem Argument als mit seinem Erlebnis zu tun. Helstedt vermutete, es läge am Erzählen. Indem er sein Erlebnis während des Besuchs bei Sörensen in Worte gefasst habe, flössen sie ihm jetzt nicht mehr spontan zu. Er musste nach ihnen suchen, fühlte sich gezwungen, »nachzuerzählen«, wie und mit welchen Wendungen er Sörensen das Ereignis geschildert hatte. Dazu kam, dass durch das Erzählen das Erzählte zu einer Erinnerung geworden war, zu einer Folge von inneren Bildern eines äußeren Geschehens. Das »Original«, das sich in ihm unberührt erhalten hatte, war durch das Formulieren verwandelt und zu einer Reproduktion geworden. Wenn er sich jetzt in Gedanken zurückversetzte, sah er die Strahlung, die Bäume, Büsche, den Rasen, die Häuser am Rande des Parks wie in einem Film, dessen Bilder mit jedem inneren Vorführen an Deutlichkeit verloren, dafür an Ergänzungen und Ausschmückungen zugewannen.

Hieß das, fragte sich Helstedt, dass sich Erlebnisse nur einmal erzählen lassen, danach jedoch zu sich verstärkenden Erfindungen werden?

25

Es tat gut, den Rundgang über die Insel zu machen, ihn zwei-, dreimal abzulaufen, auf den Weg zu achten, ausgetreten von vielen Schuhen, den Blick dabei auf dem Gras am Rand ruhen zu lassen, den gelblich im Wind schwankenden Halmen, dann aufzusehen und in die Weite des Meeres zu schauen. Er fühlte sich unbelastet, befreit vom Nachdenken und fast schon wohlig im Spüren der Muskeln, ihrer Tätigkeit, im allmählichen Erhitzen des Körpers. Er hatte sich vorgenommen – und hielt sich auch daran –, während des Rundgangs oder der Stunde nach dem Mittagessen auf dem Balkon nicht an die Arbeit zu denken, ja es sich zu verbieten. Er hatte bemerkt, dass diese Mußezeit äußerst produktiv war, als würden die Probleme, mit denen er sich augenblicklich beschäftigte, auf einer anderen, unbewussten Ebene weiterbearbeitet, unabhängig von seinem Wissen, in einer untergründigen Schicht von noch Ungedachtem. Wenn er sich dann wieder an seinen Tisch am Fenster setzte, war wie selbstverständlich ein kleines Teilstück da, das ihn in seinen Überlegungen weiterführte.

Neben der Wirkung, die ihm die Muße und das Nichtstun bei der Arbeit brachte, machte der Beobachter noch eine andere Entdeckung. Er war vor zwei Tagen mit dem Boot hinüber zur Düne gefahren, hatte ein Bad genommen und beschlossen, wann immer es das Wetter erlaubte, das Schwimmen als festen Bestandteil in seinen Tagesablauf einzufügen. Er werde sich erkälten, mahnte die Zimmerwirtin, es sei zu früh im Jahr, das Wasser zu kalt, der Wind zu stürmisch, die Wellen zu hoch. Doch der junge Wissenschaftler ließ sich nicht abhalten. Die Kälte des Wassers setzte durch den Schock beim Eintauchen sein Denken auf null, schuf eine innere Klarheit und weckte eine Lust, gegen die Wogen anzuschwimmen, sich hochheben zu lassen, um gleich abzutauchen, sich an der Kraft der Wellen zu messen, deren Strömen zu spüren, gleichzeitig zu fühlen wie das Wasser trug, er sich in diesem ungewohnten Element bewegen konnte, das sich dennoch nicht beherrschen oder auch nur beeinflussen ließ. Und welche Sensation war danach das Kribbeln auf der Haut, wenn er den Strand hochlief, die Wärme der Sonnenstrahlen fühlte und den Wind, der leichter, beweglicher über seinen Körper strömte, als es das Wasser zuvor getan hatte.

Wie hätte er seiner Zimmerwirtin erklären können, dass er beim Schwimmen im Meer spürte, wie sein Inneres ausgewaschen und gereinigt wurde. Er war danach nicht nur erfrischt, sondern erneuert. Er konnte sich unvoreingenommen wieder an die Arbeit setzen, mit frischem Blick auf die Formeln sehen, die er am Morgen oder in der Nacht notiert hatte. Oftmals erkannte er sofort, wo sich ein Fehler eingeschlichen hatte, und korrigierend glitt er aus seinem Zimmerchen über der Klippe in die Tiefe des Schreibblocks hinab, in seine Landschaft aus Zeichen.

26

Ein Strich exakt gezogen mit dem Lineal über die halbe Seite. Helstedt hatte versucht, was er Sörensen von seinem Erlebnis im Park erzählt hatte, aufzuschreiben. Doch die Wörter waren hergezwungen, was sie sagten, war leer, und sie gaben nichts von dem eindringlichen Geschehen wieder, das er erlebt hatte. Er schob das Heft zur Seite. Er hatte nur noch ein Bedürfnis: hinauszugehen in eine ganz gewöhnliche Welt. Keine aus Strahlen und keine aus Text. Nur einfach Straße, Fußgänger, Autos, Bäume am Rand des Parks. Alles gewohnt und wie es für alle anderen Menschen auch war, Alltagswelt. Heute war sie grau und regnerisch, kühl, windig, roch nach Meer. Als Helstedt an einem Café vorbeikam, stieg er ganz selbstverständlich die Treppenstufen hoch, öffnete die Tür und trat ein. Er war kaum einmal hier gewesen, was seiner Hemmung zuzuschreiben war, Cafés oder Restaurants aufzusuchen. Er fühlte sich stets ein wenig unwohl, schnell gelangweilt und belästigt von Gesprächen an den Nebentischen. Es galt daher den Tisch sorgfältig auszusuchen und mit dem ersten Bedauern fertigzuwerden, den eher dunklen Gastraum überhaupt betreten zu haben. So blieb Helstedt einen Augenblick stehen, sah sich um, etwas unentschlossen, als er Linn entdeckte. Sie saß vorgeneigt an einem Tisch im hinteren Teil des Raums, eine Tasse vor sich und las. Das Café war zu dieser nachmittäglichen Stunde mäßig besucht, es gab genügend freie Tische, doch Helstedt – entgegen seiner Absicht, Linn nicht anzusprechen – trat an ihren Tisch und fragte, ob er sich zu ihr setzen dürfe. Sie sah überrascht auf, lächelte:

– Wir sind uns ja schon einmal im Laden an der Kreuzung begegnet, sagte sie und legte die Zeitschrift zur Seite, lehnte sich ins Polster der Sitzbank zurück.

– Und ich habe ein kariertes Heft gekauft, um ein Erlebnis aufzuschreiben und dieses wenigstens auf die Art zu erzählen ...

Helstedt räusperte sich.

– ... Ihnen zu erzählen. Sie hatten gelächelt.

– Ach ja? Und darf ich's lesen?

– Ich habe es noch nicht geschrieben ...

– Dann haben Sie ja jetzt die Gelegenheit, es mir zu erzählen.

– Ich glaube nicht, dass es richtig wäre, Sie gleich mit einer meiner Geschichten zu überfallen. Ich habe sie kürzlich einem Freund erzählt und bin nicht eben gut mit ihr angekommen. Er hat sie nicht verstanden, und so habe ich mich entschlossen, sie erst einmal aufzuschreiben.

Auch Helstedt bestellte Kaffee, obwohl er nach drei Uhr nie welchen trank: Er erwache acht Stunden später mit Herzklopfen, pflegte er zu sagen, und könne danach nicht mehr einschlafen.

– Vielleicht sehen wir uns ja wieder, und Sie geben mir dann Ihre Geschichte zu lesen.

Ob er regelmäßig das Café besuche?

– Bisher nicht, doch kann ich mir vorstellen, es jetzt öfter zu tun ...

... Ob er denn im Viertel wohne ...

... Ja, allein, in einem kleinen Appartement ... er sei ehemaliger Professor für Geschichte der Neuzeit ...

... Auch sie sei pensioniert, seit einem Jahr, sie habe eine Praxis für Augenheilkunde gehabt...

... Witwer, seit drei Jahren ... an Krebs ...

... Nein, getrennt, schon seit langer Zeit, und die Töchter sehe sie nur noch selten ... eine Umstellung sei die Pension auf jeden Fall, aber Langeweile, nein, die kenne sie nicht ...

... Er habe noch Studien betrieben, völlig unwissenschaftliche, aus Lust, sich nicht mehr an das halten zu müssen, wozu sein Beruf ihn verpflichtet habe, doch sein Interesse habe merklich nachgelassen.

– Aber da der Zufall es schon einmal gefügt hat,

fuhr er fort, und ich Sie hier treffe und nun erfahre, dass Sie Augenärztin sind, möchte ich Sie zu einem optischen Phänomen befragen. Mich interessiert, wie Sie dieses aus fachlicher Kenntnis beurteilen.

Helstedt stockte, wurde sich gleichzeitig bewusst, dass er sich nun doch auf ein Gebiet vorwagte, das er vermeiden wollte. Linns erwartungsvoller Blick zwang ihn jedoch fortzufahren, und fiebrig überlegte er, wie er denn eine passende Frage formulieren könnte. Er wollte vor ihr nicht als ein verwirrter, zu Verschrobenheit neigender Alter erscheinen.

– Wie kann man erklären, dass man etwas sieht, das man eigentlich nicht sehen kann?

Linns Gesicht nahm einen neutralen, ja distanzierten Ausdruck an.

– Das müssen Sie mir etwas genauer erläutern.

Mit diesem Blick musste sie ihre Patienten angesehen haben.

– Nun, dass man beispielsweise in einen festen Gegenstand hineinsehen kann.

– Und was dort sieht?

– Wie soll ich sagen? Funken von Energie, aus denen die Dinge – oder sagen wir die Materie – besteht.

– Und das wollen Sie gesehen haben? Nein, ich muss Sie enttäuschen. Das ist nicht möglich. Sie können zwar das Gefühl haben, in einen Gegenstand hineinzuschauen, doch dabei wirken aus Wissen angeregte Vorstellungen mit. Diese werden quasi durch ihren Blick mitgesehen, sodass Sie glauben, etwas zu sehen, was aber Einbildung, Imagination ist.

Helstedt hoffte, sie würde jetzt nicht noch das Wort »Vision« gebrauchen, er fühlte sich sonst ganz in die Ecke eines Sonderlings gedrängt. Er bemühte sich, schnell zu antworten und das Thema zu beenden.

– Genau so, wie Sie sagen, habe ich es vermutet und mit meinem Freund besprochen. Wir waren uns nicht einig, deshalb fragte ich nach.

Helstedt spürte, dass Linn sich innerlich von ihm zurückzog. Allein die Frage zu stellen, musste für sie abwegig sein, vom Sachverhalt ganz zu schweigen. Warum gelang es ihm nicht, deutlich zu machen, dass er während seiner Erlebnisse den normalen Sehraum verlassen hatte, dadurch etwas wahrnahm, das einem herkömmlichen Sehen nicht zugänglich war. Hatten nicht auch Maler begonnen, die Dinge auf eine Weise zu sehen, wie sie sich im Alltag nicht darstellten?

Sie plauderten eine Weile weiter, unterhielten sich über Alltägliches, und Helstedt hoffte, dabei einen etwas günstigeren Eindruck zu machen. Als Linn aufstand und sich verabschiedete, sagte er etwas verlegen, er würde sich freuen, sie wiederzusehen.

Kurz nach ihr ging auch Helstedt, enttäuscht von sich und dieser ersten Begegnung mit Linn. Den Kaffee ließ er unberührt stehen.

27

Er spürte den Umriss einer Theorie, in der einzig beobachtbare Größen in die Berechnungen einfließen sollten. Dieser Ansatz, der den bisherigen theoretischen Überlegungen widersprach, löste einen Drang aus, der ihn fieberhaft vorwärts trieb, ohne an die möglichen Auswirkungen zu denken. Er redete mit den Zahlen, beantwortete, was sie fragten, und diese Antworten führten ihn zu Zahlenreihen, einer Matrix, durch die er hinab auf einen Untergrund sah, in dem Strukturen einer unbekannten Landschaft auftauchten. Er schaute von der Höhe seiner Berechnungen wie von einer Fluh während einer seiner Bergwanderungen auf ein Nebelmeer hinab, aus dem erste Bergrücken sich wölbten, und der Beobachter ahnte, dass dort, unter der sich lockernden Decke, die Antwort auf die Fragen lag, die er und der Professor in Kopenhagen tage- und nächtelang gesucht hatten. Je weiter ihn die Zahlen über die Nebelschicht hinausführten, desto mehr verspürte er eine wachsende Erregung, ein inneres Vibrieren. Er war einer Entdeckung auf der Spur, die ihn als den jungen Wissenschaftler, der er war, in ihrer Bedeutung und in den Auswirkungen weit überschritt, größer war als dieses Ich, das spazieren und schwimmen ging und jetzt da am Tischchen gegenüber dem nachtschwarzen Fenster saß, im zweiten Stock eines Hauses auf Helgoland. Doch gleichzeitig spann sich ein feiner Faden Angst in seine Zahlenreihen. Was wenn er sich täuschte? Wenn die aus dem Nebel auftauchenden Bergrücken sich als Wolkenbänke erwiesen, hochgetrieben von einer Thermik, wie sie auch die Lummen über den Klippen nutzten? Der Begriff »Thermik« löste einen Schreck aus. Ihm wurde bewusst, dass er bei seinen Berechnungen keinen Augenblick an die Thermodynamik gedacht und den Erhaltungssatz der Energie sträflich vernachlässigt hatte. Ohne dessen Einhaltung würde sein mathematisches Schema nichts taugen, und seine Ahnung einer großen Entdeckung erwiese sich als Wolkenkuckucksheim.

28

Die kurze Begegnung mit Linn im Café, dachte Helstedt, war missraten. Zu rasch hatten sie sich auf einer sachlichen Ebene befunden, nachdem sie sich anfänglich doch über persönliche Dinge wie familiäre Verhältnisse, Gewohnheiten und den Ruhestand ausgetauscht hatten. Helstedt beschäftigte, dass er es gewesen war, der Linn mit seiner Frage in ihre ehemalige Rolle als Ärztin gedrängt und damit das intimere Gespräch abgebrochen hatte.

Er verließ das Café, lief ziellos durch den Regen, gelangte ins alte Universitätsviertel. Vor dem Haus, in dem er mit Ellie so lange gewohnt hatte, blieb er stehen, sah zu den Fenstern im ersten Stock hoch und verspürte ein Würgen im Hals. Sein Blick wurde wässrig. Er erinnerte sich, wie Ellie jeweils im Fauteuil beim Fenster auf ihn gewartet hatte, aufblickte und ihn mit diesem versonnenen Blick ansah, der offen und weich war, Ausdruck einer tiefen Vertrautheit. »Ich habe gewartet«, wie oft hatte sie das gesagt, und es war eine Formel für den Wunsch nach Gespräch und Anteilnahme gewesen. »Ich muss gehen, Ellie«, sagte Helstedt leise unter den Fenstern vor sich hin und hörte: »Schon?«, »Ja, schon!«, und Helstedt trottete blind auf der Straße Richtung Faelledparken, zu seiner neuen Wohnung gegenüber der Schule.

Sie hatten keine Kinder gehabt, konnten keine Kinder haben, und irgendwann hatten sie sich damit abgefunden. Doch Helstedt liebte den Lärm vom Schulhof, dieses immer gleichbleibende Geräusch aus Lachen, Schreien, Schwatzen, einem Gemisch noch ungebrochener Stimmen, unentwirrbar in seiner Gesamtheit.

Linn würde er voraussichtlich so bald nicht wieder treffen, doch er war trotz allem froh über diese erste Begegnung. Linns Antwort auf seine Frage bestätigte ihn in der Überzeugung, dass er während der Erlebnisse den gewohnten, perspektivisch geordneten Raum nicht einfach anders wahrnahm, sondern sich außerhalb von diesem befunden hatte, in einer anderen Dimension der Wirklichkeit. Sie faszinierte und befremdete ihn. Er hatte keine Erklärung, weshalb sich dieses veränderte Wahrnehmen einstellte, wodurch es ausgelöst wurde. Es trat nur einfach ein, überraschend und ohne Ankündigung, wie es ein weiteres Mal geschah, zwei Tage nach der Begegnung mit Linn im Café. Er hatte sich am Nachmittag, nachdem er eine Kleinigkeit gegessen hatte, auf den Balkon gesetzt. Während er sich fragte, ob er sich die Zeitung nochmals vornehmen solle, unschlüssig in den Hinterhof sah, veränderte sich der gewohnte Ausblick. Der Lindenbaum, der Geräteschuppen, die gegenüberliegende Hauswand, der Garten begannen durchsichtig zu werden, sich in bläulich schimmernde Felder zu verwandeln, in denen sich die Glutfunken unterschiedlich schnell bewegten, extrem langsam in festen Körpern, fließend in Organismen. Doch anders als am Morgen nach dem Besuch bei Sörensen nahm er sich selbst in diesen Feldern als einen bläulichen Umriss wahr, in dem die Glutfunken wechselwirkten und sich gegenseitig durchdrangen. Er konnte beobachten, wie diese Energiezustände sich vermischten, auflösten, zusammenfanden, sich dadurch erhielten, aber auch veränderten, Felder entstanden und verströmten – und er selbst war ein Teil davon, der in einem dauernden Austausch mit sich und der Umgebung stand.

Helstedt nahm dies nur sehr kurz wahr, saß überrascht und staunend da, konnte nicht wirklich glauben, was er gesehen hatte. Wie sollte das möglich sein, dass er mit allem verbunden war, das sich gegenseitig beeinflusste und bedingte, und auch er an diesem Vorgang teilhatte, der aus einer einzigen energetischen Bewegung bestand? Helstedt überwältigte ein noch nie gefühltes Glücksgefühl. Für den Bruchteil einer Sekunde verstand er, dass es sein Ich nicht gab, er als isoliertes Individuum nicht existierte.

Und in diesem Augenblick war ihm, als wäre eine schwere Last von seinen Schultern genommen worden, er wäre von Trauer und Einsamkeit befreit. Er lauschte in die Stille hinein, die jetzt den Hinterhof erfüllte, sah zum Lindenbaum, der wieder Lindenbaum war, schaute in den Garten hinab und zu den Mauern des Nachbarhauses hinüber. Sein Ich war zurück, mit ihm die Trauer und Einsamkeit. Er sah den Ausblick vom Balkon wie er schon immer gewesen war, und diese plötzliche Stille, in die er gelauscht hatte, kannte er bestens: Der Unterricht in der Schule gegenüber hatte begonnen.

29

Nichts, absolut nichts waren diese Zahlen wert, wenn sie den Erhaltungssatz der Energie nicht bestätigten. Sie wären ein Irrweg, der nur tiefer in den Nebel des Nichtwissens führte. Der junge Wissenschaftler saß da, wartete. Es brauchte Zeit, bis die Angst verebbte, die »Lummen-Angst«, wie er sie später wegen der Vögel, die ihn an die Thermodynamik erinnert hatten, nannte. Er sah durch sein gespiegeltes Gesicht in der nachtschwarzen Scheibe hindurch auf einen fernen Lichtpunkt draußen auf dem Meer. Es musste die Lampe eines Fischerbootes sein. Aus diesem kleinen Licht wuchs ihm wieder eine beruhigende Helle zu, lichtete sein Denken. Es gab in der ihm vorschwebenden Mathematik auch Hinweise, dass der Energiesatz eingehalten war. Der Beobachter begann die einzelnen Terme in der Energietabelle durch umständliche Rechnungen zu bestimmen. Schon die ersten, die er durchrechnete, bestätigten: Der Energiesatz war eingehalten, und das konnte bedeuten, dass seine Theorie richtig und er auf der Spur einer vollständig neuen Sicht auf das Atom und die Mechanik der Quanten war. Fieberhaft rechnete er weiter, eine wachsende Erregung trieb ihn voran und ließ ihn wieder tief in eine ängstliche Enttäuschung fallen. Es stimmte doch nicht, nein, es ging nicht auf, er kam auf Werte, ähnlich absurd wie die in Kopenhagen ermittelten. Sie machten seine bisherigen Überlegungen zunichte. Er hatte sich geirrt, seine epochale Lösung war ein Haufen unbrauchbarer Formeln. Er spürte wie sich sein Magen zusammenzog, eine leichte Übelkeit hochstieg. Es konnte doch nicht sein, dass er in den vergangenen Tagen nur falschen Annahmen gefolgt war? Mit dem Gefühl einer letzten Chance begann er den Term nochmals durchzurechnen. In seiner Bangigkeit durchzuckte ihn ein freudiger Schreck. Wie hatte er nur diesen Fehler machen können? Aus Angst? Aus Aufregung? Und noch bevor er darauf eine Antwort fand, wurde er von Erleichterung hochgehoben. Der Term stimmte, auch dieser erfüllte den Energiesatz. Aus seiner Angst, wie die Lummen hinab ins Wasser zu stürzen, war ein Möwenflug hoch über den Klippen geworden, ein Gefühlswechsel, der sich wiederholte, bis er nach Stunden spürte, wie sich die Zahlen beruhigten, Ergebnis um Ergebnis von selbst sich ohne Zwang ergab, er über dem befürchteten Abgrund so sicher schwebte wie die weißen Vögel mit schwarzem Kopf über den Inselklippen.

Es war drei Uhr früh, als der Beobachter nicht

mehr an der Widerspruchsfreiheit und der Geschlossenheit seiner Theorie zweifeln konnte. Er lehnte sich zurück, überdachte sie, die jetzt vor ihm auf dem Tisch lag und erschrak erneut, wenn auch nicht ganz so heftig wie zuvor. Ihm wurde bewusst, dass seine Theorie nichts Geringeres als eine neue Physik und durch sie ein anderes Verständnis unserer materiellen Welt mitbegründen würde.

30

Helstedt holte sein Notizheft hervor. Er wollte von seinem Erlebnis erzählen, das er nach der Begegnung mit Linn gehabt hatte, und entschloss sich, dies in Briefform zu tun, auch wenn er sein Schreiben nicht abschicken, Linn es nie lesen würde. Er musste sich an jemanden wenden, auch wenn der nicht da war und nicht antwortete. Doch vielleicht konnte er Linn, wenn sie vertrauter miteinander waren, sein Heft doch zu lesen geben?

Liebe Linn,

es stimmte mich traurig, Ihnen endlich begegnet zu sein und Sie durch meine ungeschickte Frage enttäuscht zu haben. Doch Ihre Antwort war mir nützlich zum Verständnis eines Ereignisses, das zwei Tage nach unserer Begegnung im Café geschehen ist. Ich hatte mich kurz nach Mittag auf den Balkon gesetzt, etwas unschlüssig, womit ich mich beschäftigen sollte. Da geschah, worüber ich Sie befragt hatte. Ich sah ein Bild, doch diesmal nicht außen wie am Morgen nach dem Besuch bei Sörensen oder bei meinem Spaziergang im Park, sondern »hinter den Augen«, in meinem Innern. Wie Sie gesagt haben, komponieren sich solche inneren Bilder aus Gesehenem, Gele-

senem, Gewusstem. Doch trifft dies in meinem Fall nicht
zu. Ich wüsste nicht, aus welchen Quellen mir die Vorstel-
lung zugeflossen sein sollte. Das Geschaute entstammte
einem Wissensgebiet, der Physik, von dem ich nichts weiß,
das mir als Historiker auch eigentlich fremd ist. Wenn ich
oben von einem »inneren Bild« geschrieben habe, so ist das
nicht korrekt und meiner sprachlichen Unfähigkeit ge-
schuldet, einen besseren Ausdruck zu finden. Es gab kein
Innen und Außen mehr, und der Begriff »Bild« vermit-
telt den Eindruck von etwas Statischem oder Festgehalte-
nem. Doch gerade das war es nicht. Im Gegenteil. Ich sah
in einen Strom kleinster Funkengebilde, bläulich leuch-
tend, wie der Widerschein von Blitzen. Nur dass diese
Funkengebilde nicht gleich erloschen, sondern in einem
dauernden Austausch standen. Sie beeinflussten sich wech-
selweise, das Eine unterhielt das Andere, und ich konnte
deutlich sehen, dass alles mit allem in Verbindung stand,
und es nichts gab, das sich von dieser großen, durchdrin-
genden Bewegung ausschließen ließ oder ausgeschlossen
sein konnte. Auch ich nicht, der ich mich seltsamerweise
als Teil in dem Geschehen sah ...

Helstedt strengte das Schreiben an. Er brauchte
eine Pause. Seine Konzentration, die er benötigte,
um über sein Erlebnis zu berichten, ließ nach. Die
Wörter begannen ihn zu befremden, als begännen
sie wie Verdorbenes zu riechen. Er verspürte einen
Widerwillen gegen das, was er geschrieben hatte.

Wie sollte er Linn begreiflich machen, dass es sein Ich in dieser Bewegung nicht wirklich gab? Er legte Füllfeder und Notizheft beiseite und holte aus dem Schrank in der Küche die Flasche Aquavit. Ein Glas davon würde die kleinen Funkengebilde, aus denen auch er offensichtlich bestand, in etwas regere Bewegung bringen, wenigstens in der Gegend unter dem Brustbein.

31

Den jungen Wissenschaftler erfasste ein Schwindel. Gebeugt über die Berechnungen war ihm als erwache er aus seinem Flugtraum. Die Zahlen und Formeln bewiesen, dass es in der Natur eine Unschärfe in den subatomaren Vorgängen gab, und diese Unschärfe mitbedingt durch das Messen und unser Wissen war. Bedeutete dies, dass alle bisherigen Gewissheiten, die an etwas Absolutes gebunden waren und unabhängig von unserem Beobachten existierten, fragwürdig wurden oder ihre Gültigkeit verloren? Sollten Begriffe wie Wahrheit, Objektivität oder Tatsache ihren bisher unbestrittenen Wert verlieren? Und was bedeutete die neue Theorie für die Physik selbst? War nun falsch, was all die Forscher seit der Renaissance an Gesetzen entdeckt hatten? Brach nun das Fundament seines Fachgebiets ein, auf dem auch er fest gestanden hatte, galt Newtons Mechanik nicht mehr, weil es eine andere, dem Bisherigen widersprechende Mechanik der Quanten gab?

Er versuchte sich zu beruhigen. Als man entdeckt hatte, dass die Sonne und nicht die Erde im Zentrum unseres Systems stand und dass ihr scheinbarer

Tageslauf durch das Drehen der Erde bestimmt wurde, war es dennoch richtig geblieben, vom Sonnenaufgang und -untergang zu reden und ihren Tageslauf in Stunden anzugeben. So würde es auch mit den bisherigen physikalischen Gesetzen sein: Sie behielten ihre Gültigkeit für unser menschliches Tun und Wahrnehmen. Doch universell, wie man bisher angenommen hatte, würden sie nicht mehr sein.

Er stand vom Tisch auf, schob den Stuhl zurück, bückte sich nach den Schuhen. Er setzte sich aufs Bett, um sie anzuziehen und bewegte sich ganz selbstverständlich in dieser Welt, die nicht aufgehört hatte, newtonschen Gesetzen zu folgen. Vielleicht hatte er etwas geschaffen, das vom Gewicht her ähnlich wie Keplers Berechnungen der Planetenbahnen war? Doch an Vergleiche mochte er nicht denken. Er wollte nur hinaus in die kühle und windige Morgenfrühe, laufen und den Atem spüren, schauen und dem donnernden Aufprall der Wellen lauschen.

32

Sooft Helstedt versuchte, die drei so unterschiedlichen Erlebnisse erneut in sich wachzurufen, gelang ihm dies nicht mehr. Was auftauchte, und woran er sich noch erinnern konnte, war seltsam abstrakt, löste auch keine Gefühle mehr aus, die bei dem dritten »Bild« doch stark gewesen waren. So sehr er sich wünschte, nochmals zu sehen, was er gesehen hatte, es gab keine weiteren Durchbrüche mehr, die ihn seine Umgebung anders als üblich wahrnehmen ließen. Es nutzte nichts, sich an den Tisch zu setzen, wie an jenem Morgen nach dem Besuch bei Sörensen, die Tasse Kaffee neben sich zu stellen und den genau gleichen Winkel zur Tür mit Blick zum Balkon einzunehmen. Es blieb bei Wand, Tür, Baum. Er setzte sich an einem Nachmittag in den Park, auf dieselbe Bank dem Beet Blumen, dem Busch, dem Blick zu den Häusern hin gegenüber, nichts geschah. Er sah keine Strahlen, keinen energetischen Starkregen. Und selbst die Erinnerung an diese erlösende Leichtigkeit, selbst Teil einer umfassenden Dynamik zu sein, wurde blasser, brüchiger, unwirklich. Er war froh, die Erlebnisse notiert zu haben. Es würde kein weiteres Mal mehr geben, zu sehen, was nicht zu sehen ist. Er bliebe wie alle anderen auch in der alltäglichen Wahrnehmung gefangen, in der die Dinge so waren, wie wir sie seit jeher schauen, den Tisch als Holz, die Wand als Backsteine. Der Baum war keine Antwort auf eine Strahlung, und er selbst ein etwas einsames Ich, das versuchte, seine Tage zu überstehen. Allerdings war etwas in die wiederhergestellte Normalität eingedrungen. Er konnte nicht genau sagen, was es war, was sich für ihn verändert hatte. Oder hatte er sich verändert? War vielleicht das, was er betrachtete, nicht mehr ganz unabhängig von ihm, seinem Wissen und Schauen, das sich durch seine Erlebnisse erweitert hatte? Und was würde das bedeuten, da doch alles nun wieder aussah, wie es schon immer gewesen war?

Er würde Sörensen besuchen. Er wüsste sonst niemanden, mit dem er reden und auf seine Fragen ansprechen konnte.

33

Im Fenster stand ein erster Lichtstreif, die Morgen-
dämmerung zog herauf, und so leise wie möglich
schlich der Beobachter die Treppe hinunter, auch
wenn er keinen Moment zweifelte, beim Frühstück
von seiner Zimmerwirtin eine Predigt zu bekommen:
So würde aus seiner Erholung nichts werden, wenn
er nachts statt zu schlafen im Freien »herumgeis-
tere«. Was es denn um die Uhrzeit zu sehen gäbe,
und der junge Wissenschaftler glaubte die Antwort
zu kennen, die sie sich selbst gab, nämlich, dass es
aller Wahrscheinlichkeit nach eine heimliche Lieb-
schaft sein müsse. Unmöglich ihr zu erklären, dass es
sein fiebrig heißer Kopf war, der ihn aus dem Haus
trieb. Der Beobachter blieb, nachdem er die Haus-
tür ins Schloss gezogen hatte, einen Augenblick auf
dem Gehweg stehen. Warum nicht eine »Dame« besuchen? Warum nicht bestätigen, was seine Zimmerwirtin – wie er glaubte – vermutete? Die Salzluft und
der Wind bliesen ihn aus all seinen Berechnungen
und Formeln hinaus in die konkrete Inselwelt, und er
beschloss in jugendlichem Übermut, den Felsturm –
die »Lange Anna« – an der Spitze der Insel zu er-

klettern. Durch die graudämmrigen Straßen eilte er hinab zur Mole und unter den Klippen hinaus zum Felsturm. Sein Körper verlangte nach Anstrengung, als forderten nun endlich die Muskeln ihr Recht auf Betätigung. Er sah an dem Felsturm hoch, überlegte, wo er den Aufstieg beginnen sollte, griff in den Fels, setzte den Schuh auf einen Vorsprung und begann, eine kleine Gestalt an dem mächtigen, uralten Felsen, die Kletterpartie. Zug um Zug, den Blick nach oben und auf einen nächsten Halt gerichtet, arbeitete er sich hoch, gleichmäßig und ruhig atmend: Er war ein geübter Berggänger, der nicht zum ersten Mal im Fels war. Mit einem Ruck stemmte er sich auf der Kante hoch, schob sich auf die kleine Ebene, stand auf dieser erhobenen Kanzel, sah hinaus aufs Meer. Er würde den Sonnenaufgang erwarten, und während er sich hinhockte und schaute, war ihm, als erblickte er nur einen anderen Aspekt der Schönheit, die er unter sich in den kleinsten Teilchen vermutete.

34

Helstedt fiel erstmals auf, wie überladen Sörensens Wohnung mit Möbeln, Büchern, Bildern und Erinnerungsstücken war. Eine dichte, die Beweglichkeit einschränkende Atmosphäre umfing ihn, obwohl Sörensens Wohnung viel großzügiger als sein Appartement war. Von seinen Jahren in Singapur, später in Japan hatte Sörensen Stücke mitgebracht, die alle geschmackvoll waren und von der Weltläufigkeit seines Freundes zeugten. Diese war allerdings vergangen, lediglich noch in den Dingen festgeschrieben. Dadurch wirkte die Einrichtung museal und die fremdartigen Gegenstände auch nicht mehr wirklich zugänglich. Vielleicht bestand darin die Beengung, die Helstedt diesmal empfand.

Dazu kam, dass sich Sörensens Frau Helga zu ihnen setzte. Sie war eine drahtige, herbe Frau mit festen Überzeugungen, politisch tätig, die sich für soziale Projekte einsetzte. In der Konversation, die sie unter den offenen Fenstern führten, fühlte sich Helstedt stets gezwungen, bekenntnishafte Sätze zu sagen, die er nicht wirklich meinte, jedoch den Beifall Helgas finden sollten. Dieser seltsame Zwang, den er vielleicht auch bei der Begegnung mit Linn verspürt hatte, stellte sich sofort und unausweichlich ein. Obwohl es ihn manchmal reizte, Helga in ihren strengen Ansichten zu provozieren, tat er es nie, verfiel zunehmend in ein inneres Warten, bis sie aufstand und sich mit dem gleichbleibenden Satz verabschiedete: »Ich habe noch zu tun!«, und leiser zu Sörensen sagte, sie sei gegen elf Uhr zurück.

Es war ein warmer und schöner Abend, von der Straße und dem Gehweg entlang dem Sortedams Sø klangen Stimmen, Rufe, Schritte, vereinzelt auch Motorenlärm zu den offenen Fenstern herauf. Man spürte die Freude und Unternehmungslust der Leute, eine abendliche Aufgeregtheit, während sie, die Weingläser vor sich, in Wörtern gefangen saßen.

Helstedt hatte Sörensen Auszüge aus seinen Notizen zugeschickt. Auch wenn er nicht mehr genau wusste, was er sich davon versprochen hatte, es sollte die Antwort auf seine Glosse »Der Mann, der überall Lösungen sah« sein. Vielleicht wollte er nur hören, was er fürchtete, dass seine Erfahrungen als ein Mystizismus abgetan würden, den er sich nach Gehörtem und Gelesenem zurechtgelegt habe, und genau das gab ihm Sörensen, freundschaftlich lächelnd, zu verstehen. Wo kämen wir hin, wenn wir alles mit allem im Austausch sähen, das Unterteilen und Abgrenzen aufgäben, diese Grundkomponenten unseres Denkens, die einzig eine Orientierung ermöglichten. Woran könnten wir uns denn halten, ohne Wörter und Beschreibbarkeit, da diese doch die Voraussetzung jeglichen Erkennens seien? Helstedt kam es vor, während er seinem Freund zuhörte, als hätte Sörensen mit seinen Einwänden recht, und es wäre wünschenswert, dass die Welt so angenehm wie Sörensens Wohnung eingerichtet wäre, gleichbleibend, mit definierten Orten für jedes Ding, vollgestellt, beengend, vertraut. Vielleicht gehörte das zum Alltag, mussten Menschen auf diese Art leben, wie er selbst ja auch. Doch seit seinen Erlebnissen kam es ihm manchmal vor, als bewege er sich in energetischen Feldern. Er sei ein Teil davon und stehe in dauernder Wechselwirkung mit diesen bläulichen Funken, einem Meer aus Glutteilchen, die in einem nicht endenden Dialog von allem mit allem stünden.

Etwas unzusammenhängend und für Sörensen unverständlich, sagte Helstedt:

– Weißt du, irgendwann glaubte ich verstanden zu haben, dass mein Leben heute nicht so wäre, wie es ist, hätte es Ellie nicht gegeben. Folglich ist sie noch immer da, wirkt in jedem meiner Blicke, in jedem Moment meines Lebens weiter, wenn auch in kaum messbaren Einflüssen. Nach ihrem Tod fühlte ich mich verlassen. Ellie war nicht mehr, außer in verblassenden Erinnerungen. Jetzt gibt mir der Gedanke, dass sie in dem, was ich und wie ich es sehe, stets ein wenig anwesend ist, das Gefühl, weniger allein zu sein, als ich es bisher gewesen bin.

35

Er blieb einen Augenblick in der Tür stehen, blickte zurück in das kleine Zimmer, in dem er vielleicht die intensivsten Stunden seines Lebens verbracht hatte. Mit einer leichten Wehmut verabschiedete er sich vom Tisch am Fenster, dem Blick aufs Meer. Dann sagte er seiner Zimmerwirtin auf Wiedersehen, die nicht ahnen konnte, dass in ihrem Haus ein weltenstürzendes Gesetz gefunden worden war.

– Sie sehen müde aus, aber doch ein wenig erholter, als wie Sie gekommen sind.

Das Schiff legte ab, stampfte hinaus in die offene See. Im Dunst blieben die Felsen, die Düne, die »Lange Anna« zurück, der Felsturm, auf dem er in jener Nacht, da die Arbeit abgeschlossen war, den Sonnenaufgang erwartet hatte. An die Reling gelehnt kam ihm jetzt seine Theorie selbst wie eine Insel vor, abgelöst vom Festlandsockel des herkömmlichen Wissens, die als ein erratischer Felsbrocken im Meer zurückblieb – karg und einzigartig –, während ihn das Schiff der Küste näher brachte. Dort erwarteten ihn Skepsis, Kritik, Ablehnung. Was er zusammengefügt hatte, würde auseinandergenommen, zerlegt, bezweifelt werden. Der Beobachter konnte im Fahrtwind die Stimmen hören, ihre Einwände, denen schwer zu entgegnen war. Er sei einzig und allein vom Beobachtbaren ausgegangen, doch das genüge nicht für eine Theorie, die umfassender sein und Annahmen postulieren müsse, die erst durch Experimente überprüft würden. Das nur Beobachtete als Ausgangspunkte einer Theorie zu nehmen, führe gefährlich nahe an einen Subjektivismus, den es in der Wissenschaft abzulehnen gelte. Auch läge dem Ganzen ein Irrtum zugrunde: Damit wir etwas erkennen, braucht es eine vorgängige Theorie. Der Begriff geht dem Erkennen voraus, und wir können nur beobachten, wofür wir eine Kenntnis der Gesetze haben. Wenn also ein neues Naturgesetz, wie er es vorschlage, gefunden worden sei, das die herkömmlichen Gesetze relativiere, so müssten diese dennoch stimmen, sonst könnte er das zu Beobachtende nicht beobachtet haben ...

Mit solchen Einwänden würde er konfrontiert werden, vom Augenblick an, da er das Festland betrat und seine Arbeit den Kollegen vorlegte. Er hatte längst beschlossen, bevor er sie dem Professor nach Kopenhagen schickte, sie einem nur wenig älteren Kollegen zu zeigen, der brillant, arrogant und äußerst kritisch war. Dieser besaß eine analytische Intelligenz, scharf wie ein Seziermesser, genau die Eigenschaft, die es für eine erste Prüfung brauchte. Angst vor dessen Kommentar hatte er nicht, auch keine Zweifel. Zwar war das Hochgefühl auf Helgoland zurückgeblieben, er war wieder der junge Wissenschaftler, der er zuvor gewesen war, neugierig und enthusiastisch. Nichts würde ihn von seiner Einsicht abbringen können: Durch seine Zahlenmatrix hatte er ein Land gesehen, in das er forschend aufbrechen wollte. Es läge in der Tiefe aller Erscheinungen und drückte sich doch in diesen aus. Und wie Himmel, Meer, Küste war die Beschreibung dieser kleinsten Teilchenwelt von großer Schönheit und Einfachheit.

36

An Helstedts Alltag hatte sich nichts geändert. Das Kochbuch ergraute unter einer Staubschicht, er aß unregelmäßig und zu fett, nahm jeden Morgen zum Kaffee ein Medikament gegen die Gicht ein, las Zeitung und besuchte Sörensen am Sortedams Sø. Nein, sie sprachen nicht mehr über das, was Sörensen ironisch als »Helstedts Erweckung« bezeichnet hatte, stritten über eine neue politische Bewegung in Deutschland, und Helstedt schwor sich jedes Mal auf dem Nachhauseweg, nun wirklich nicht mehr hinzugehen, um es in der folgenden Woche doch wieder zu tun.

Obwohl das Leben seinen gewohnten Gang nahm, blieb unter den Schichten des Alltags die Gewissheit bestehen, in einem äußerst eingeschränkten Wahrnehmungsraum zu leben. An einem späten Vormittag, als Helstedt neben der Treppe zum Hinterhof saß und einen Kaffee gegen die mittägliche Müdigkeit trank, auf das Stück Rasen, das Gerätehaus im Schatten der Linde sah, kam ihm der Gedanke, wenn er während seiner Erlebnisse für einen Moment aus dem gewohnten Sehraum hinaus gesehen habe, so könnte er doch in Gedanken versuchen, von außen, durch eine Lücke, in den gewohnten, vereinfachenden Wahrnehmungsraum hineinzusehen. Es brauchte etwas Anstrengung, diese Umkehr der Blickrichtung vorzunehmen. Doch er wollte es versuchen, konzentrierte sich, imaginierte sich in eine Leere, aus der heraus er jetzt in den Hinterhof blickte: Was er dabei sah, war das Stück Rasen zwischen den Blumenbeeten, die Äste und Lindenblätter, in denen Licht und Schatten wechselten, die gegenüberliegende Hauswand, leuchtend im Nachmittagslicht. Selbst das Fahrrad, das an der Wand des Geräteschuppens schon seit Tagen lehnte, war von großartiger Selbstverständlichkeit.

Helstedt fand, es sei wunderbar, was er sehe, und es zu schauen ein Glück. Mit einem Lächeln nahm er einen Schluck von der Kaffeetasse.

ANMERKUNG

Der Text über den Beobachter ist angeregt von Werner Heisenberg »Der Teil und das Ganze«, hauptsächlich durch die Schilderung seines Aufenthalts auf Helgoland (S. 76–78, dtv- Ausgabe 1973). Wenige, abgewandelte Zitate.

Die Anekdote von der Beobachtung eines Passanten fand ich in: Carlo Rovelli, »Die Wirklichkeit, die nicht ist, wie sie scheint«, Rowohlt, 2016, S.132. Sie wurde mir von Rob Sunderland, Archivar des Nils Bohr Instituts Kopenhagen, bestätigt.

Werner Heisenberg erwähnt seine Zeit anfangs bis Mitte Juni auf Helgoland in einem Brief vom 31. 8. 1925 an Nils Bohr folgendermaßen:

»Freilich hab ich im ganzen letzten Monat gar nicht an Physik gedacht und weiss nicht, ob ich noch etwas davon verstehe. Vorher hatte ich, wie Ihnen Kremers vielleicht erzählt hat, eine Arbeit über Quantenmechanik verbrochen, bei der ich gerne Ihre Ansicht hören würde; sie wird wohl im nächsten Heft der Zeitschrift erscheinen.«

Der Fremde im Licht der Straßenleuchten, sollte es ihn wirklich gegeben haben, ist unbekannt.

www.christianhaller.ch

Christian Haller

Das Institut

Roman, 272 Seiten, gebunden

**Nach »Sich lichtende Nebel«: der neue Roman des
Schweizer Buchpreisträgers Christian Haller**

Als der idealistische Thyl Osterholz sich nach dem Studium
beim einflussreichen „Institut für Soziales" um einen
Aushilfsjob bewirbt, ahnt er nichts von dem steilen Aufstieg,
der ihm bevorsteht. Es sind die 70er Jahre, das Jahrzehnt
der Ölkrise und des Club of Rome, in dem den westlichen
Staaten dämmert, dass es grenzenlosen Ressourcenverbrauch
nicht geben kann. Doch hinter der glänzenden Fassade des
Instituts tobt ein gnadenloser Machtkampf, in dem sich alle
Gewissheiten auflösen und Thyl selbst bald zum
bloßen Spielball zu werden droht ...

»Ein starker Roman dieses großartigen Erzählers.«
Badische Zeitung

»Ein spannendes Zeitpanorama von
gesellschaftlicher Relevanz.«
Südkurier

www.luchterhand-verlag.de